LE TYRAN GIGANTESQUE

Poème interprétatif des Prophéties et Livres Sibyllins

relativement à la Fin des Temps.

« J'atteste, en présence de J. C., que ce
que je vais dire n'est pas le fruit de mon imagination ; mais une reproduction de livres
qui font autorité et que je viens de relire
avec un soin scrupuleux. »

ADSON, *abbé de Dives, an 954.*

DIEU  ESPÉRANCE

Poèmes philosophiques

PARIS IXe

H. DARAGON, LIBRAIRE-ÉDITEUR

10, RUE FROMENTIN, 10

MCMXVI

PRIX : 2 FRANCS

LE TYRAN GIGANTESQUE

DU MÊME AUTEUR

Honneur, drame en 3 actes, en vers.

Devoir, drame en 1 acte, en vers.

Le Martyre de Saint Victor de Marseille, poème en neuf chants, en vers.

Le Chatiment de Guillaume d'Allemagne, monologue, en vers.

Le Baron de Viteaux, drame en 4 actes, en vers.

En préparation :

La Guerre Infernale, poème épique.

Imprimerie Générale du Sud-Est. — Marseille

BARLIÈRE DU LAUZON

BARLIÈRE DU LAUZON

LE TYRAN GIGANTESQUE

Poème interprétatif des Prophéties et Livres Sibyllins
relativement à la Fin des Temps.

> « J'atteste, en présence de J. C., que ce
> que je vais dire n'est pas le fruit de mon ima-
> gination ; mais une reproduction de livres
> qui font autorité et que je viens de relire
> avec un soin scrupuleux. »   ADSON.

DIEU ❦ ESPÉRANCE

Poèmes philosophiques

PARIS IXe

H. DARAGON, LIBRAIRE-ÉDITEUR

10, RUE FROMENTIN, 10

MCMXVI

PRÉFACE

En Novembre 1911, une affaire me réclama à Paris. J'eus le plaisir d'y revoir un vieux frère qui l'habite, depuis quarante ans environ et que je n'avais plus embrassé depuis vingt années au moins.

Nous ne nous quittâmes guère que quelques instants, pendant mon séjour dans la capitale, qui fut d'une quinzaine de jours.

Le soir de mon départ : « Tiens, me dit-il, prends, si tu veux, cette brochure ; elle te servira à tuer le temps, et à supporter avec moins d'ennui la monotonie de ton voyage nocturne. »

Je me disposais, en effet, à prendre le rapide, qui part de Paris, vers 7 heures du soir, et arrive à Marseille à 8 heures du matin.

Je jetai un regard distrait sur la brochure offerte et j'y lus ce titre : L'Antéchrist du Moine Adson et les Origines des Prophéties modernes, avec ce sous-titre : *Le Dernier Roi des Francs*, par Paul de Charliac.

Cet opuscule provoqua ma curiosité et je l'acceptai avec reconnaissance.

J'eus tout le loisir de le lire en entier et non sans intérêt, au cours du long trajet qui sépare la capitale embrumée de la France de celle ensoleillée de la Provence.

Mais ce qui, dans cet ouvrage, retint surtout mon atten-
tion, ce fut la curieuse et originale lettre du moine Adson,
abbé de Dives, en Normandie, adressée à la reine Gerberge,
femme de Louis IV d'Outremer, en l'an 954.

« Grande Reine, y est-il dit, vous vous êtes toujours
appliquée avec un zèle pieux à l'étude des Saintes Écritures
et vous aimez qu'on vous entretienne de votre Rédempteur.
Vous désirez aussi vous instruire au sujet de l'Antéchrist,
savoir jusqu'où doit aller son iniquité et combien cruelle
sera la persécution qu'il suscitera contre l'Église.

« Vous voulez, en outre, être exactement renseignée
sur sa génération et connaître quelle sera l'audace de sa
puissance. Vous avez daigné m'interroger sur ces questions, et moi, votre fidèle serviteur, je vais m'exécuter, en
transcrivant ici ce qui paraît dès maintenant certain au
sujet de l'Antéchrist. Je le fais par obéissance, car vous
avez, près de vous, plus savant que moi en toutes choses,
l'homme le plus érudit, sans conteste, de notre siècle, le
très prudent évêque Roricon, véritable miroir de toute
sagesse et de toute éloquence. »

Et, tout de suite, Adson explique pourquoi le personnage
sera appelé Antéchrist, où et comment il naîtra, ce qu'il
fera pendant son règne de trois ans et demi, sa chute, son
châtiment final, etc., etc., le tout appuyé sur les textes des
Évangiles, de l'Apocalypse, des Prophéties et des Livres
sibyllins.

A mon arrivée à Marseille, je plaçai la brochure, parmi
d'autres ouvrages, sur ma table de travail, et ne pensais
plus à l'Antéchrist, à la reine Gerberge ni au fameux abbé
de Dives du Xe siècle.

Il est certain, toutefois, que la lecture de l'Épître du
moine Adson avait déposé dans mon cerveau, au fond
d'une des cellules où la science rationnelle place le siège
de la mémoire, une semence en fermentation latente, qui
germa insensiblement et finit par épanouir sa fleur, au

point que, plusieurs mois après, grâce aussi à la collaboration efficace de ma Muse, j'écrivis *Les Temps Révolus*, premier morceau du poème que j'offre aujourd'hui à la curiosité des lecteurs.

Le Tyran Gigantesque, dont le premier vagissement venait de se manifester, naquit donc du concours des diverses circonstances réunies, que je viens de résumer.

Le premier jet m'incita à poursuivre un travail, qui se doublait pour moi d'une attrayante distraction.

Il me parut dès lors qu'il valait la peine de continuer et de parachever un essai qui ne serait pas, dans le fond, sans originalité et dont la lecture pouvait être susceptible d'intéresser mes contemporains, curieux de connaître les prédictions concernant les temps à venir.

Sans vouloir faire œuvre d'exégèse dans un minuscule essai poétique, où l'imagination, bien qu'étayée d'incontestables documents, doit avoir et a, en réalité, la plus large part, je voulus cependant consolider mon argumentation, par la lecture des Prophéties, de l'Apocalypse, des Livres sibyllins et d'un certain nombre de Révélations relatives au fameux personnage, dont le règne effroyable s'épanouira à la fin des temps ; car mon souci, dans cette production, était de rester, sur le terrain religieux, dans les limites de l'orthodoxie catholique.

Je crois avoir au moins atteint ce but, si au point de vue littéraire et poétique, mon œuvre modeste et sans prétention n'a su s'élever à la hauteur de la formidable épopée infernale, à laquelle prêtent foi, d'après les Prophéties, avec la majeure partie de la chrétienté, les docteurs et les princes de l'Église.

Mes lectures furent intéressantes et instructives. Indépendamment des prédictions contenues dans les Écritures, tenues en haute estime par le monde catholique, et confirmées par le moine Adson, une foule d'autres documents de moindre importance, mais tous également affirmatifs, me

persuadèrent de la croyance générale au règne de la *Bête*
de l'Apocalypse qui, sur le déclin des temps, montera de
l'Abîme, pour séduire et subjuguer les nations.

Certains de ces écrits prétendent même que nous approchons des temps prédits et que les esprits observateurs
peuvent déjà remarquer les signes avant-coureurs qui
sont signalés par les prophètes, comme les prodromes des
évènements précurseurs devant précéder immédiatement
l'avènement de l'*Homme de perdition*.

« En constatant les progrès sensibles que fait l'apostasie
dans les sociétés modernes, écrivait Dom Piolin, en 1880,
tous les esprits sérieux se demandent : Où va-t-on ? »

A cette question, un écrivain qui signe *Un Prêtre de
Normandie* répond : « Nous approchons fort de la fin du
monde, du jugement général.

« Ne voyons-nous pas, ajoute-t-il, les grands signes
précurseurs de la fin ; les signes caractéristiques :

« 1° Prédication de l'Évangile par toute la terre ;

« 2° Affaiblissement de la Foi ;

« 3° Débordement de la vie matérielle ;

« 4° L'Apostasie des nations ;

« 5° L'Émancipation des Juifs ? »

Déjà, en 1854, dans le panégyrique de saint Émilien,
évêque de Nantes, Mgr Pie prononçait ces paroles :

« Ce qui est certain, c'est qu'à mesure que le monde
approchera de son terme, les méchants et les séducteurs
auront de plus en plus l'avantage. On ne trouvera quasi
plus de foi sur la terre, c'est-à-dire, elle aura presque
complètement disparu de toutes les institutions terrestres.
Les croyants, eux-mêmes, oseront à peine faire une profession publique et sociale de leur croyance. La scission,
la séparation, le divorce des sociétés avec Dieu, qui est
donné par saint Paul, comme un signe précurseur de la
fin, ira se consommant de jour en jour. L'Église, société
sans doute toujours visible, sera de plus en plus ramenée

à des proportions simplement individuelles et domestiques. Enfin, il y aura pour l'Église de la terre comme une véritable défaite. Il sera donné à la *Bête* de faire la guerre avec les saints et de les vaincre.

« L'insolence du Mal sera à son comble. Mais bientôt sonnera l'heure du Jugement. »

Qui ne se rend compte aujourd'hui de l'apparition et de la manifestation presque simultanées des divers phénomènes devant marquer l'approche de la fin des temps et signalés dans les paroles de Mgr Pie ? L'insolence du Mal n'est pas encore à son comble ; mais elle y tend à grands pas.

Serions-nous vraiment sur les confins des derniers jours du monde ? Nous n'en serions pas très loin, s'il faut en croire les révélations de sainte Hildegarde (1098-1179).

Dieu lui-même, parlant à la sainte, s'exprime ainsi : « Mon fils est venu au monde quand le jour de la durée des temps se trouvait au moment correspondant au temps qui s'écoule depuis l'heure de None jusqu'à celle de Vêpres, *(Depuis trois heures du soir jusqu'à six heures)*. En un mot, mon fils a paru dans le monde *après les cinq premiers âges* et lorsque le monde était *déjà presque sur son déclin.* »

Sous les auspices de toutes ces hautes autorités, il me parut que la croyance unanime à ces extraordinaires évènements prochains constituait une preuve suffisante de leur vraisemblable réalisation, et qu'il pouvait m'être permis de faire, par supposition et sous forme d'une série de poèmes qui, dans leur ensemble, n'en forment qu'un seul, un récit succintement descriptif ;

1° *Des Signes avant-coureurs des temps présents ;*

2° *Des Évènements précurseurs* suivant les Livres sybillins ;

3° *De l'Avènement de l'Homme de péché, de son Règne et de son Châtiment final.*

Il me sembla que ce récit pouvait emprunter la forme épique, dans la troisième partie surtout, où les évènements surprenants qui s'y déroulent prennent, dans la voie perverse du Mal, un développement d'ampleur grandiose, développement digne de l'Enfer, digne surtout de l'Ange orgueilleux, dont la chute n'a pas atrophié le génie, ni annihilé la puissance.

Mais, pour soulever le voile qui, de nos jours, recouvre les turpitudes humaines ; pour suivre, dans l'avenir, le déroulement des évènements immédiatement précurseurs ; pour plonger, dans la nuit des temps futurs, un regard observateur sur le règne du *Mauvais*, et faire de cet ensemble, sinon un tableau véridique, une esquisse rapide, au moins approchante et vraisemblable, les yeux et la Muse du poète ne suffisaient pas. Il lui fallait le regard subtil et le verbe autorisé de l'Esprit.

C'est à lui que le poète eut recours ; c'est à lui qu'il se confia. Dans le vol de sa pensée, à travers les temps présents et futurs, c'est l'Esprit qui voit, c'est l'Esprit qui entend, c'est l'Esprit qui parle. Lui seul pouvait dépeindre, au présent, les évènements qui se déroulent dans l'avenir. Lui seul pouvait, grâce au don surnaturel qu'on a l'habitude de prêter aux êtres immatériels, assister, par anticipation, à l'avènement futur de l'Antéchrist. Lui seul pouvait entendre, dans la nuit des heures futures qui approchent, les sombres vagissements de la *Bête* naissante dans la chair. Lui seul était susceptible d'écouter efficacement et de répéter au poète la Harangue impie du Maudit, les blasphèmes de ses suppôts, et la sinistre rumeur des nations séduites et subjuguées.

Mais, par sa nature, l'Esprit est subtil, prompt, impatient. Il passe, il observe, il stigmatise. Son vol est rapide comme l'éclair. Son regard ne s'attarde pas aux détails. Il embrasse l'ensemble d'un coup d'œil et le précise dans la concision des faits principaux. Il néglige de fignoler des tableaux ; il brosse des fresques, à la façon des maîtres de la Renaissance.

Il a fallu que le poète le suivît dans sa rapide narration ; qu'il contraignît sa Muse à s'assimiler sa concision descriptive et à négliger certains développements, qui eussent pu, peut-être, trouver place dans son œuvre. C'est ainsi que, dans la première partie, pour caractériser la société actuelle, il l'a envisagée seulement sous ses trois éléments principaux : le clergé, les gouvernants, le peuple ; et que, pour en signaler les travers avant-coureurs, il a mis brièvement en relief les caractéristiques du temps présent : le *Sacrilège*, le *Blasphème*, la *Révolte*.

C'est encore pour cela que, dans la deuxième partie, il n'a relaté que les derniers événements immédiatement précurseurs, signalés dans les Livres sibyllins, et que, dans la troisième, il a rapidement esquissé l'avènement du *Maudit*, l'essor infernal de son règne et l'effondrement foudroyant de l'*Imposteur*.

Il a d'autant volontiers adopté ce mode rapide et concis de description qu'il estime que, dans un semblable récit, le développement trop achevé des tableaux, le souci trop minutieux des détails, ne feraient qu'alourdir la narration, sans donner un relief de plus à l'ensemble, sans ajouter plus d'intérêt ni d'originalité au poème.

A-t-il bien fait ? S'est-il trompé ? Il laisse au lecteur le soin de répondre lui-même, après qu'il aura eu le loisir de lire en entier *Le Tyran Gigantesque*.

Marseille, le 5 Mai 1913.

AVANT-PROPOS

Lorsque, en 1912, interprétant ce passage des Livres sibyllins : « *Alors s'avanceront, par les routes de l'aquilon, les nations très abjectes*, SPURCISSIMÆ GENTES, *que le Roi Alexandre de Macédoine emprisonna jadis derrière les montagnes de Gog et de Magog*, l'auteur de cet ouvrage faisait la description succincte de la grande guerre, qui est, d'après cette prophétie sibylline, un des principaux évènements précurseurs devant précéder immédiatement l'avènement de l'Antéchrist, il était loin de supposer que cet horrible fléau allait, deux ans plus tard, s'abattre sur le monde angoissé et surtout sur la France pacifique, mais coupable d'imprévoyance.

Hélas ! de l'autre côté du Rhin, *ces nations très abjectes*, méditaient depuis longtemps leur criminelle invasion et déjà parachevaient les derniers préparatifs d'une attaque brusquée et du formidable débordement de millions de barbares assoiffés de sang et ivres d'orgueil, que l'année 1914 devait voir s'avancer, *par les routes de l'aquilon*, et se précipiter, comme un torrent infernal, sur le pays de France, après avoir submergé de leurs flots impurs les riantes plaines de Belgique et les paisibles contrées des Flandres.

Ce ne fut pas sans une certaine stupéfaction, que l'auteur de ce poème, dès la première minute, constata que l'effroyable événement donnait pleinement raison à la voix prophétique de la Sibylle. Les crimes prémédités de l'État-major allemand, l'exaltation par la Germanie entière, de la barbarie raffinée, la ruée immonde de ses hordes pillardes et sanguinaires lui confirmèrent encore l'exactitude de la prédiction.

Ce sont bien là, pensa-t-il, les descendants des *nations très abjectes*, vaincues autrefois par Alexandre le Grand, races sauvages et brutales que le barbare Attila entraîna, avec les Huns, les Mèdes et les Daces, à la conquête de l'Occident, au cinquième siècle, après avoir ravagé les provinces de l'Empire d'Orient.

Ce sont bien là les arrière-petits-neveux de cette tourbe vile, arrachée par le *fléau de Dieu* des montagnes de Gog et de Magog, qui, à la suite de la défaite que le général romain Aétius fit subir aux hordes d'Attila, aux environs de Châlons, en Champagne, vint se réfugier au nord de la Germanie, et constitua ainsi la souche immonde de la gent prussienne ; forma les aïeux abjects, dont l'atavisme se révèle aujourd'hui, chez leurs dignes descendants, dans tout son horrible et sombre épanouissement.

Et le poète sentit, dans son âme, l'angoisse des heures terribles où les atrocités sans nom, dont la brute allemande est capable, allaient s'exercer, sous l'œil épouvanté du monde civilisé. Il eut la vision terrifiante des crimes abjects des descendants de ces nations maudites et viles ; c'est-à-dire, les provinces ravagées, les villes incendiées, les habitants assassinés, les prêtres, les femmes, les enfants égorgés, ces derniers, dans les bras de leurs mères, dont les regards suppliants, à travers des torrents de larmes, n'obtenaient, des bourreaux allemands, qu'un raffinement de supplice ou qu'un sardonique ricanement.

Mais, dans son cœur de Français, ce tableau horrifique

de crimes sans nom, fut atténué par cette autre vision suscitée par la deuxième partie de la prophétie ; que les barbares seront vaincus et que les armées françaises, sous la conduite d'un chef suprême, que Dieu marqua du signe des vainqueurs, finiront par exterminer les hordes brutales d'Allemagne, formées des dignes rejetons de la tourbe impure qui souilla jadis les montagnes de Gog et de Magog.

Il eut alors l'ineffable intuition, sous l'inspiration même des Livres sibyllins, qu'une ère de prospérité s'ouvrirait à la suite de la guerre impie déchaînée par le Kaiser, et que les nations du monde, enfin débarrassées de la satanique Allemagne, épanouiraient leurs légitimes aspirations, sous les rayons de la paix universelle et dans la tranquillité rassurante du progrès civilisateur. Mais, il se souvint également que si la terrible prophétie s'est réalisée déjà dans une ou plusieurs parties de son ensemble, elle peut aussi se réaliser dans ses autres parties.

Il se rappela que, suivant cette dernière, l'ère de prospérité prédite n'aura qu'un temps ; qu'immédiatement après ces années de paix, — trop peu nombreuses, hélas ! — surgira le despote infernal, dont le hideux Kaiser n'est que le suppôt précurseur, et que le monde, sur son déclin, achèvera à peine de réparer les ravages du fléau actuel, qu'il verra s'ouvrir le règne de la *Bête*, de l'*Homme de perdition*, dont le passage, sur la terre, marquera la période de trois ans et demi, la plus sanglante, la plus épouvantable, la plus horrifique que le monde aura jamais traversée avant la fin des temps.

Toutefois, en face des sinistres évènements qui se déroulent actuellement, l'auteur de cet essai poétique, plein d'une légitime émotion, se demande s'il est possible qu'une époque plus sanglante, plus horrible que celle que nous traversons, se produise encore. Mais, devant l'affirmation des prophéties, qui semblent avoir donné des preuves de leur infaillibilité, il ne peut s'empêcher de demeurer perplexe.

C'est ce qu'il considère comme un devoir de dire au lecteur, sans essayer de l'influencer ni pour l'affirmative ni
pour la négative.

Il estime que l'observateur sagace, que le penseur ré-
fléchi, qui savent se dégager de toute influence étrangère,
sur de pareilles questions, sont susceptibles de se former
une opinion plus éclairée, plus sagement rationnelle, que
ceux qui obéissent aveuglément et passivement à la sug-
gestion d'autrui.

Quant à lui, il ne se contente pas de dire avec le poète
latin *Felix qui potuit rerum...*, il ajoute : Heureux celui
dont l'esprit clairvoyant lui permet de percer un peu les
ténèbres de l'avenir.

B. DU L.

PROLOGUE

Spiritus ubi vult spirat. St Jean.

« Je suis l'Esprit, la voix, le vent de la montagne,
    Qui surgit, sans savoir
Où le mène du doigt Celui qui l'accompagne ;
Et dont l'ordre lui fait de se mettre en campagne
    L'impérieux devoir.

« Et je viens !... Et mon souffle illumine ta tête,
    Ignorant comme toi,
L'insondable raison qui le fait, ô poète,
Te rendre confident des émois du prophète,
    Qui se révèle en moi.

« Cependant, sois sans crainte et fais vibrer ta lyre !
    Celui qui me conduit
Inspirera ta flamme, enflera ton délire ;
Car Il voit dans les temps à venir, et sait lire
    Dans la profonde nuit. »

Ainsi parla l'Esprit. Et ma Muse, elle-même,
    Me stimulant aussi,
Sur le règne prédit du Prince du Blasphème,
J'écrivis, animé d'un souffle d'anathème,
    Le livre que voici.

PREMIÈRE PARTIE

Signes des Temps présents
Avant-coureurs des Temps révolus

LES TEMPS RÉVOLUS. — L'OINT DU SEIGNEUR

LE MOT D'ORDRE. — REVENDICATIONS

FRUIT DU MAL. — L'ANTÉCHRIST.

« La tribulation sera telle, sous son règne, qu'il n'en fut jamais de pareille depuis la création du monde. »

MATHIEU, XXIV, v. 14.

« Voici que Dan est devenu couleuvre sur la voie et vipère dans le sentier ; il a mordu le pied du cheval, espérant désarçonner le cavalier. »

Genèse, XLIX.

Les Temps révolus

L'Esprit m'enveloppa de son charme extatique
Et voici ce qu'il dit de sa voix prophétique :
« O race d'insensés, qui possédez des yeux
« Et qui ne voyez pas la colère des Cieux !...
« Écoutez !... Écoutez de toutes vos oreilles !
« Mes lèvres vont parler de choses sans pareilles !
« Car l'Esprit du Seigneur, électrisant ma foi,
« Met sa force et son souffle et sa lumière en moi.
« Or, des temps révolus l'heure terrible approche !
« Heureux les cœurs de lys exempts de tout reproche !
« Trois fois heureuse l'âme en qui l'amour du bien
« Aura fait pénétrer la flamme du chrétien !
« Car le Seigneur Jésus, dans sa munificence,
« La marquera du sceau de sa reconnaissance.
« Écoutez !... L'heure sonne au cadran des destins !...
« J'en entends le bruit sourd, dans de proches lointains.
« Malheur aux endurcis !... Anathème à la femme,
« Qui souilla du péché le temple de son âme
« Et l'orna d'un autel, où l'homme vient — horreur ! —
« Sacrifier sa foi, sa vertu, son honneur !...
« Insensés, insensés, insensés, que vous êtes !
« Le glaive de justice est dressé sur vos têtes,
« Et vous dormez en paix ! Et vous ne voyez pas
« L'Abîme qui s'apprête à s'ouvrir sous vos pas !

« O lamentations, dont frissonne mon âme !
« Je vois l'effroi, l'horreur et la révolte infâme
« Se tordre dans des flots de désolations
« Et former un chaos d'abominations !
« J'entends le grondement courroucé de l'orage
« Et les cris de terreur, les hurlements de rage,
« Et l'horrible concert des épouvantements
« Des êtres confondus dans les effarements !...
« Convertissez-vous donc, superbes Babylones !
« Je vous vois tournoyer dans le vol des cyclones,
« Que le courroux de Dieu, formé d'écœurement,
« Forge pour sa justice et votre aveuglement !
« Je vois le feu du ciel sur vos palais descendre
« Et réduire vos murs et vos enfants en cendre,
« Et l'Ange du Seigneur, dans son ubiquité,
« En tous lieux à la fois frapper l'iniquité !... »

L'Oint du Seigneur

OU

LE SACRILÈGE

> « Je ne parle point de vous tous : je sais *qui sont ceux* que j'ai choisis ; mais, il faut que cette parole de l'Écriture soit accomplie : Celui qui mange du pain avec moi, a levé le pied contre moi. »
>
> St Jean, *Évang.*, XIII, v. 18.
>
> « Car il s'est glissé, *parmi nous*, certaines personnes dont la condamnation est écrite depuis longtemps ; gens sans piété qui changent la grâce de notre Dieu en dissolution et qui renoncent à Dieu, le seul Dominateur, et à Jésus-Christ, notre Seigneur. »
>
> St Jude, apôtre,
> *Épitre contre les faux docteurs*, v. 4.

L'Esprit revint encore. Et, m'infusant sa flamme,
Plongea mon corps entier dans un sommeil profond.
Puis, me dit : « Maintenant, par les yeux de ton âme.
Regarde, observe, et dis ce que les hommes font. »

Or, voici que soudain l'épaisseur des ténèbres,
Au feu de mon regard — tel un brouillard d'été —
S'évanouit. Dès lors, des lieux les plus funèbres,
Je vis s'éclairer l'ombre et fuir l'obscurité.

Je vis l'homme, surpris dans sa nudité pure.
Je distinguai des cœurs les sentiments pervers.
J'observai l'Incroyance étendant sa souillure,
Comme une lèpre immonde, en mille lieux divers.

Je vis l'Impiété, désinvolte et hautaine,
Narguer Dieu, se jouer des Mystères sacrés,
Et la Foi languissante, affolée, incertaine,
S'enfuir avec horreur de ces lieux exécrés.

Je vis l'Hypocrisie entrer dans le saint Temple,
Et couvrir de son masque, aux pieds des saints Autels,
Sept démons travestis, que la foule contemple,
Sept Judas marmonnant les psaumes rituels.

Le premier, sur son front, en rouges caractères,
Portait le mot *Orgueil*, d'un éclat flamboyant ;
Le second : *Avarice*, en lettres plus austères ;
Le troisième : *Luxure*, au reflet chatoyant.

Après, c'était l'*Envie*, et puis, la *Gourmandise*,
Ensuite, la *Colère*, à l'œil rouge de sang.
La *Paresse* suivait avec sa couardise,
Comme un lâche traînard, qui geint au dernier rang.

Et ces officiants prétendaient être prêtres.
Et chacun d'eux disait : « *Ego sum sacerdos !* »
Mais je vis, tout-à-coup, que ces étranges êtres
Portaient le mot *Maudit* incrusté dans leur dos.

* * *

Or, ce groupe hideux présidait le cénacle
De croyants accourus au service divin,
Tandis qu'hélas ! le Christ, au fond du tabernacle,
Versait des pleurs de sang, sous l'espèce du vin.

Parfois son front sacré, dans sa tristesse amère,
Paraissait s'assombrir, plein d'irritation ;
Mais, Marie était là, sa douce et tendre mère,
Qui calmait son courroux fait d'indignation.

« Vois, mon Fils, disait-elle, à son Enfant auguste,
Vois, là-bas, prosterné dans son humble ferveur,
Ce vieillard. C'est un prêtre, et ce prêtre est un juste. »
Or, celui-là vraiment était oint du Seigneur !

Le Mot d'Ordre

ou

LE BLASPHÈME

« Ces sept rois ont un même dessein, et ils donneront leur puissance et leur autorité à la *Bête*...

« Ils combattront contre l'Agneau ; mais l'Agneau les vaincra, parce qu'il est le Seigneur des seigneurs et le Roi des rois. »

Apocal., XVII, v. 13 et 14.

La nuit était venue, une nuit morne et sombre.
Je me vis, en esprit, sur un grand tertre oblong.
A son centre émergeait et s'élevait, dans l'ombre,
La masse d'un étrange et sinistre donjon.

L'ensemble de la tour était triangulaire.
Une porte, à chaque angle, en permettait l'accès.
Au-dessus de chacune, un rinceau circulaire
Encadrait un écu gonflé comme un abcès.

Ces écussons portaient de bizarres emblèmes :
La truelle, un triangle avec un fil à plomb.
Et je vis sept vieillards, silencieux et blêmes,
Pénétrer sous ce toit au mystère profond.

Tous les sept, des grandeurs arboraient les insignes.
C'étaient des gouvernants, des chefs de nations.
Et je les vis, entre eux, échanger certains signes,
Comme des conjurés de sombres factions.

*   *
*

Les sept silencieux gagnèrent une salle,
Dont sept lustres de bronze éclairaient le pourtour.
Au centre était, debout, un seul homme au front pâle,
Que chaque survenant saluait à son tour.

Son aspect était froid, sa face antipathique.
Sur sa lèvre courait un sourire pervers.
Son âge me parut surtout énigmatique.
Avait-il vingt printemps ? Comptait-il cent hivers ?...

Quand tous furent entrés : « Asseyez-vous, mes frères,
Dit péremptoirement le maître de céans,
Il nous faut converser de nos graves affaires ;
Mais, en de brefs discours, qui sont les plus séants.

« D'abord, conservez-vous toujours au fond de l'âme
Le mot d'ordre sacré, par quoi nous pactisons ? »
— Oui, dirent les vieillards, guerre et mort à l'Infâme !
C'est pour l'anéantir que nous sympathisons.

— C'est bien !... Donc vous avez mis Dieu hors de l'école ?
Vous l'avez du prétoire exclu comme un voleur ?
Cela ne suffit pas ! Il faut chasser l'Idole
Du fond de l'Être humain, l'arracher de son cœur !

— Oui, dirent les vieillards, la lèvre blémissante,
Le Christ est l'ennemi ! Guerre au Nazaréen !
Que le cœur de l'enfant, que son âme naissante
Honnissent l'Histrion natif de Bethléem !

— C'est parfait !... Vous avez bien lu dans ma pensée !
Vous êtes pénétrés de mes intentions.
Continuez, vieillards ! Encore une poussée,
Et nous aurons conquis les générations !

Il nous faut préparer la voie inéluctable
Du *Surhomme* élevé sur son trône divin.
Il arrive ; il est là ! Son règne inévitable
Terrifiera l'Infâme et n'aura pas de fin !

Alors, vous, les lutteurs de cette première heure,
Vous, les dignes héros du grand règne prédit,
Vous aurez l'Univers, pour royale demeure
Et le peuple à vos pieds, que l'angoisse interdit.

Plus de Dieu dans son cœur, pour écouter sa plainte.
Plus de Christ pour l'aimer et ranimer sa foi !
Plus que l'accent plaintif de la morne complainte
D'un peuple anéanti, sous l'orgueil de son Roi !

— Oui, maître, dirent-ils, le front haut, l'œil en flamme ;
A nous, tous les plaisirs ! A nous, tous les honneurs !
Asservissons le peuple, en détrônant l'Infâme,
Qui le soutient encor, par ce cri : « Haut les cœurs ! »

— Jurez de le combattre en tout ce qu'il inspire.
C'est le meilleur moyen de briser son pouvoir.
S'il prêche l'espérance au peuple qui soupire,
Inspirez la révolte avec le désespoir !

S'il excite au pardon, poussez à la vengeance.
S'il dit : Humilité ! préconisez l'orgueil.
Quand il s'apitoiera sur la pauvre indigence,
Ridiculisez-en les larmes et le deuil.

S'il vous fait un devoir d'honorer la Patrie,
Au soldat de défendre et d'aimer son drapeau,
Dites qu'il faut avoir l'âme assez mal pétrie,
Pour aimer un *Non sens* coiffé d'un oripeau.

Enfin, puisqu'il bénit le soldat héroïque,
Qui fait à son pays l'hommage de son sang,
Exaltez le félon d'un vivat frénétique,
Et que sa trahison lui vaille un plus haut rang !

Jurez d'exécuter mes ordres à la lettre,
Et je jure, à mon tour, frères, que nous vaincrons !
Plus de Dieu ! Plus de Christ ! Plus que moi, votre maitre ! »
Et les vieillards, en chœur, dirent : « Nous le jurons ! »

— Je prends acte, en partant, d'un serment qui nous lie !
Soyez obéissants et soumis à ma loi.
Faites que devant moi chaque âme s'humilie,
Et vous aurez, vieillards, bien mérité de moi !

* * *

Alors j'ouïs un bruit puissant comme un tonnerre.
Un spectacle troublant soudain me fut offert.
Tandis que les vieillards se prosternaient à terre,
Je vis s'ouvrir l'Abime où plongea Lucifer !

Revendications

OU

LA RÉVOLTE

« Voici : le salaire des ouvriers qui ont
moissonné vos champs et dont vous les avez
frustrés, crie; et les cris de ceux qui ont
moissonné sont parvenus jusqu'aux oreilles
du Seigneur des armées. »

St Jacques, apôtre, *Épit.* V, v. 4.

Et je fus transporté dans une autre assemblée.
Là, dans la profondeur d'un hall très spacieux,
Une foule grouillait, qui de tumulte enflée,
Offrait des yeux de flamme et des fronts soucieux.

C'étaient des ouvriers, victimes de la grève,
Faméliques forçats de l'éternel labeur.
On sentait que ces fronts caressaient le seul rêve
De joindre à moins de peine un peu plus de bonheur.

Soudain, un ouvrier, pâle comme l'emblème
De la colère froide où seul le sang bondit,
Dressa sa haute taille, et, l'air franc, le front blême,
Réclama la parole et voici ce qu'il dit :

*   *

*

« Quand donc se lèvera la flamboyante aurore,
Que cent siècles passés attendirent en vain ?
Frères, nous faudra-t-il longtemps attendre encore
Ce réveil fortuné, cet heureux lendemain ?

« Nous faudra-t-il toujours en vain crier : Justice !
Et pousser, dans l'éther, d'inutiles clameurs ?
Ou, drapés sottement dans un espoir factice,
Attendre, avec la mort, la fin de nos douleurs ?

« Manquerons-nous toujours même du nécessaire ?
Souffrirons-nous toujours les tourments d'Ismaël ?
Et, courbés sous le faix, comme un bouc émissaire,
Porterons-nous toujours les péchés d'Israël ?

« Sommes-nous d'autre sang, d'autre chair, d'autre essence,
Que ces favorisés d'un absurde hasard ;
Que ces heureux Crésus bercés dans l'opulence,
Qui ne nous font pas même aumône d'un regard ?

« Certes, nous sommes bien fils de la même mère,
Riches, qui dédaignez ce pauvre *populus*,
Et nous mourons de faim, de sueur, de misère,
Tandis que Lucullus soupe chez Lucullus !

« Ah ! quand dans vos palais où le luxe s'étale,
Vous festoyez gaîment, en convives joyeux,
Ne pensez-vous jamais à cette main fatale,
Qui trace sur les murs des mots mystérieux ?

« Mais, pensez-vous du moins qu'en l'échoppe voisine
Un ménage, peut-être, est là, sombre, hagard,
Terrassé par l'oubli, le froid et la famine
Et qu'il jette sur vous un terrible regard ?

« Quand, dans l'air parfumé des salles somptueuses,
Au son des instruments qui chantent vos plaisirs,
Vous dansez mollement vos valses amoureuses,
Où de furtifs baisers excitent vos désirs,

« Pensez-vous quelquefois qu'accroupi sur la borne
Quelque déshérité, dédaigné du passant,
Peut-être est là, pensif, abandonné, l'œil morne,
En proie aux traits aigus du désespoir naissant ?

« Pensez-vous quelquefois quand, dans l'alcôve sombre,
Vous penchez votre front sur votre enfant qui dort,
Quand, pour qu'il soit heureux, vous l'embrassez dans
Qu'il est d'autres enfants abandonnés du sort ?   [l'ombre,

« Vous pensez au bonheur ; car, pour vous, il existe !
Mais, vous ne pensez pas à qui se meurt de faim !
Votre cœur est avare, et votre âme égoïste,
Et vous nous obligez à vous crier enfin :

« N'avons-nous pas les droits que vous avez, en somme ?
Et ne portons-nous pas la même marque au front ?
Quand vous nous méprisez, vous injuriez l'homme !
Quand vous nous dédaignez, vous vous faites affront !

« N'avons-nous pas une âme au génie accessible ?
N'avons-nous pas un cœur, pour aimer, comme vous ?
Et ce cœur, par hasard, serait-il insensible
Au bonheur d'être père, aux douceurs d'être époux ?

« Ah ! nous savons aimer bien mieux que vous peut-être !
Nous n'avons, ici bas, que cette liberté.
Mais notre amour, à nous, se meurt avant de naître,
Comme un enfant chétif avant sa puberté.

« Il est empoisonné par l'angoisse profonde
De n'en pouvoir chérir le fruit, comme il convient,
Par la crainte de mettre un malheureux au monde.
Et nous l'aimons bien plus cependant quand il vient !

« Or — et remarquez bien ; c'est ici que la haine
A le droit de sévir contre un affreux destin —
Ce fruit de notre amour, qui nous sourit à peine,
S'éveille tout fiévreux et malade, un matin.

« Il lui faudrait des soins immédiats, sans trève,
Sa mère, à son chevet, devrait pouvoir veiller ;
Mais ne venons-nous pas de subir une grève ?
Que faire sans argent ?... Il nous faut travailler !...

« Et, pendant ce temps-là, la maladie augmente.
Et nous sentons nos cœurs irrités, éperdus !
Et le mal suit son cours apportant la mort lente,
Faute d'un peu d'argent et de soins assidus !

« Ah ! si vous possédez, riches, un cœur de père,
Dites ; que feriez-vous dans cet affreux instant ?
Ne maudiriez-vous pas, comme nous, la misère,
Complice de la mort, qui nous prend cet enfant ?

« Ne sentiriez-vous pas une haine profonde
S'allumer dans votre âme, envahir votre cœur ?
Ne vous diriez-vous pas qu'il règne dans le monde
Une immense injustice unie à l'impudeur ?

« Eh bien ! Nous disons, nous, la colère dans l'âme,
Que ces déshérités sont notre unique bien ;
Qu'ils valent vos enfants, et qu'enfin c'est infâme
Que les vôtres aient tout, que les nôtres n'aient rien !

« Nous disons qu'ils ont droit au banquet de la vie ;
Qu'ils ont droit au bonheur, à l'air pur, au soleil ;
Que quand c'est la nature, en un mot, qui convie,
La part doit-être égale et le morceau pareil !

« Nous disons qu'il est temps qu'une aurore nouvelle,
Sur les débris d'un monde égoïste et repu,
Se lève à notre appel ; qu'enfin on renouvelle
Le Contrat social, que l'homme a corrompu !

Fruit du Mal

Mais voilà que l'Esprit, en ranimant mon être,
Provoqua mon réveil ; et je me crus renaître
A la réalité des choses d'ici bas.
Je dois avoir rêvé, murmurai-je en moi-même.
Quoi ! rien que Sacrilège et Révolte et Blasphème ?
« Hélas ! me dit l'Esprit, non, tu ne rêvais pas !

« Non, tu n'as pas rêvé ! Le cœur de ce vieux monde
Se meurt, sous la morsure horriblement profonde
De l'immoralité qui ronge les sommets.
La blessure s'accroît ; elle s'étend hideuse.
Et la Vertu raillée, insultée et honteuse
Cherche en vain le refuge où loger désormais.

« C'est que les temps prévus sont présentement proches.
Les abimes des mers, les entrailles des roches
Ont livré leurs secrets, ainsi qu'il fut prédit ;
Quand de tous ses trésors l'opulente Nature
Aura complètement doté la créature,
Les temps approcheront du règne du Maudit.

« Quand la doctrine sainte, aux quatre coins du monde,
Aura disséminé sa semence féconde
Et que le nom du Christ emplira l'Univers,
Les temps annonceront la fin proche, imminente,
Par la Foi qui, pareille à la fleur languissante,
S'éteindra sous le souffle impudent des pervers.

« Alors, il ne sera que révolte et blasphème,
Injustice au prétoire et le Temple lui-même
Aura du Sacrilège à subir l'attentat.
L'union périra dans le sein des familles,
Et l'âme des enfants, le cœur des jeunes filles
Seront le Fruit du Mal, que l'orgueil enfanta.

« Alors, plus de respect, plus d'amour, plus de crainte ;
Plus que du désespoir la formidable étreinte
De ne pouvoir vider la coupe des plaisirs.
Et l'on verra le sang, sous le toit des demeures,
Ruisseler, à l'instar du flot constant des heures,
Dans des spasmes de rage et d'immoraux désirs.

« Or, ces avant-coureurs sont les temps où nous sommes.
Le démon de l'Orgueil tressaille au cœur des hommes
Et les pousse aux erreurs, qu'il sème sous leurs pas.
Leur culte est le Veau d'Or, et leur foi la Science.
Mais, tandis que du Ciel faiblit la patience,
Ils narguent sa colère et ne s'amendent pas. »

L'Antéchrist

L'Esprit se recueillit un instant. Puis, plus sombre,
Son souffle impétueux mugit dans la pénombre :
« O jours d'angoisse affreuse et d'aberration !...
Triomphe du Maudit !... Cris de damnation !
Horreur ! trois fois horreur !... Le dragon des Abîmes
Escalade les monts, pour régner sur les cimes !...
Je le vois, rugissant, libre enfin de ses fers,
Bondir, comme un lion, du gouffre des enfers !...
Je vois ses légions, comme une tourbe immonde,
Se ruer à l'assaut des pouvoirs de ce monde,
Et dresser — contre Dieu, sacrilège attentat —
Le trône monstrueux de Satan-Potentat !...
Malheur aux nations ; car les heures funèbres
S'avancent, en masquant leur vol, dans les ténèbres !...
L'Écriture l'a dit : « Blotti dans le sentier,
« Le Reptile infernal attend le cavalier ;
« Il en mord le coursier, et sa lâche morsure
« Fait à son pied poudreux une horrible blessure ! »
Or, le vil agresseur, que le mal enfanta ;
Que le péché conçut, que l'enfer inventa,
C'est l'ennemi haineux de l'homme et de la femme,
De la tribu de Dan le rejeton infâme,
Le sinistre Imposteur enfin qui fut prédit
Et qu'on nomme Antéchrist ou l'éternel Maudit. »

DEUXIÈME PARTIE

Évènements Précurseurs

ECCE SPURCISSIMÆ GENTES
LE GRAND MONARQUE. — LE CHOC
L'EXTERMINATION
RÈGNE DE JUSTICE ET DE PROSPÉRITÉ
DERNIER ÉVÈNEMENT PRÉCURSEUR.

« Nos docteurs enseignent positivement qu'un roi de France, dont le règne s'épanouira au déclin des temps, doit restaurer l'empire romain dans son intégralité. Son nom commencera par la lettre C. Il sera le plus grand des rois et le dernier d'entre eux.

« Après avoir heureusement gouverné son royaume; il se rendra, vers la fin de sa vie, en pèlerinage à Jérusalem et il déposera la couronne et le sceptre sur le Mont des Oliviers. Cet évènement marquera le début de la dislocation de l'empire romain et chrétien. Nos docteurs ajoutent que, suivant la prophétie de l'Apôtre, l'Antéchrist ne tardera plus dès lors à paraître et que *l'homme de péché* sera promptement révélé. »   ADSON.

Ecce spurcissimæ Gentes

« Alors s'avanceront par les routes de
l'Aquilon, les nations très abjectes — *spurcissimæ gentes* — que le grand Roi Alexandre de Macédoine emprisonna jadis derrière
les montagnes de Gog et de Magog. »
Livres Sibyllins.

L'Esprit se tut encore. Et, remis en haleine,
Il ajouta : « Je vois dans la profonde plaine,
La poudre des chemins voler en tourbillons,
Sous le pas cadencé de mille bataillons.
O terreur ! l'Orient tout entier se soulève
Et contre l'Occident brandit son sombre glaive !...
Vingt-deux peuples unis, dans un commun effort,
Sèment, sur leur passage, et l'horreur et la mort !
De Gog et de Magog la tourbe abjecte et vile,
Semblable aux flots vivants de quelque immense ville,
Plus nombreuse que les grains de sable des mers,
Forme le complément de ces peuples divers.
Son flux s'enfle, mugit, s'avance redoutable,
Et l'aquilon conduit la vague épouvantable !...
Occident, Occident, si Dieu te laisse seul,
Voici ton heure ultime et ton dernier linceul !...
Je vois des nations les angoisses amères,
La terreur des enfants, le désespoir des mères !
Et j'ouïs, dans la nuit, les déchirants sanglots
Des peuples submergés sous ces immenses flots !
O désolation, dont frissonne la terre !
Pareils à l'ouragan, dans un bruit de tonnerre,
Les fauves d'Orient souillent le sol latin.
Et l'Occident voit naître un sinistre matin !
Tout est perdu, Seigneur, si ta main secourable
N'arrête pas à temps la horde formidable !...
Mais, j'entends du chrétien, par l'effroi dominé,
Le chant grave et pieux du *Parce, Domine !* »

Le Grand Monarque

« Ce grand Prince aura toujours présente
à l'esprit cette parole des Livres Saints :
« Que le Roi des Romains soumette à sa
« puissance tous les royaumes de la terre. »
Livres Sibyllins.

« Jéhovah, sois béni !... Je vois un grand Monarque,
Dont le front, du chrétien, porte l'auguste marque.
Descendant des rois Francs, sous son autorité,
Il groupe autour de lui toute la chrétienté.
Simple dans sa grandeur, juste dans sa noblesse,
Il sait joindre l'audace, à l'extrême sagesse ;
Et, Souverain de France, il unit sous sa main
Tous les débris épars de l'empire romain.
Contre l'invasion, les foules alarmées
L'ont fait l'unique chef de toutes les armées.
Par son noble courage il ranime les cœurs ;
Car Dieu marqua son front du signe des vainqueurs.
Je le vois, maîtrisant son cheval de bataille,
Dompter par sa valeur et par sa haute taille
La fierté des guerriers attentifs à sa voix
Et faire s'incliner la superbe des rois.
Il inspecte, il conseille, il excite, il ordonne.
Beau comme un Apollon, le respect l'environne,
Et les Princes ses pairs, les peuples, les soldats
Vibrent, à son instar, du désir des combats !... »

Le Choc

« A l'approche des barbares, le Roi des
Romains rassemblera son armée et les com-
battra. »   *Livres Sibyllins.*

« Mais voici que surgit la horde formidable,
Et, soudain, se produit le choc épouvantable.
L'Orient furieux se heurte à l'Occident
Et le sol retentit d'un tumulte strident.
On se bat dans la nue, on se bat sur la terre.
C'est, au sein des éclairs, le fracas du tonnerre !
Et la Mort, promenant son vol dans chaque rang,
Ivre de corps humains, se vautre dans le sang !
O terreur de mes yeux ! Effroi de mes oreilles !
Jamais le monde a vu de batailles pareilles !
Au sein de la nuée, un vol d'oiseaux géants,
Ayant l'audace au cœur et la foudre en leurs flancs,
Dans le crépitement sans trêve de leurs ailes,
Rapides et légers comme des hirondelles,
Jettent, du haut des airs et du sein des rayons,
L'épouvante et le deuil parmi les bataillons !
Le ciel s'en obscurcit tant leur troupe est sans nombre.
Et les peuples, en bas, combattent sous leur ombre !
O vision troublante ! On dirait que les cieux
Enfantent sans répit des légions de dieux !... »

L'Extermination

« Il les mettra en déroute et les exterminera. »
Livres Sibyllins.

« Mais voici que je vois les hordes des barbares,
Les cohortes de Gog, les bandes des Tartares,
Dans leur terrifiant et formidable effroi,
Jeter, parmi leur tourbe, un brusque désarroi.
Ils pâlissent d'angoisse et mettent bas leurs armes !
J'assiste à leur terreur et je vois leurs alarmes.
Mais le tonnerre gronde et le feu des éclairs
Ne cesse d'embraser et la terre et les airs !
Alors, c'est l'effroyable et rapide déroute !
Des milliers de fuyards encombrent chaque route.
Et l'étendard des Francs — tel l'aigle des sommets —
Sur l'ordre du Monarque, immortel désormais,
Prend son vol triomphant, et, se couvrant de gloire,
Bouscule l'ennemi, consomme sa victoire !...
Or, l'innombrable essaim, du ciel abominé,
En trois jours et trois nuits, est tout exterminé. »

Règne de Justice

ET DE PROSPÉRITÉ

« En ces jours sera le salut de Juda et
Israël habitera sans crainte dans son pays. »
JÉRÉMIE XXIII, v. 16.

« Voici enfin un Roi qui règne dans la
Justice, et des Princes qui exercent l'autorité
avec un esprit d'équité. »
ISAÏE XXXII, v. 1.

« Sous son règne de douze ans, la paix et
la vertu régneront, et la terre prodiguera
ses fruits. »   *Livres Sibyllins.*

L'Esprit reprit : « Je vois, dans une paix féconde,
La vertu refleurir aux quatre coins du monde,
Et du fils de saint Louis, l'auguste et sainte ardeur,
Sur son peuple attirer les grâces du Seigneur.
Sous son règne, je vois, au cours de douze années,
Les tribus d'Israël, à l'exil condamnées,
Réintégrer Sion, se soumettre à la Foi,
Et tout le peuple hébreu, sous le joug du grand Roi,
Confesser Jésus-Christ, fils unique du Père
Et s'unir aux chrétiens, dans l'onde et la prière.
Quel règne de justice et de prospérité !
Tout y respire l'ordre et la moralité.
La prière a tari les sources du blasphème.
L'enfant craint le Seigneur ; et le père, lui-même,
Heureux de retrouver les sentiers de la Foi,
Respectueux de Dieu, s'incline sous sa loi.
La paix du ciel descend dans le sein des familles.
Le Temple retentit des chœurs de jeunes filles,
Dont la pieuse voix groupe, aux pieds des autels,
Le peuple qui s'unit à ces chants immortels.
En ces temps fortunés, l'œil de la Providence
Féconde les moissons et répand l'abondance.
Le sourire des jours suit le calme des nuits.
Mai déborde de fleurs, et Septembre de fruits.

Plus de sombre ouragan. Du sommet des montagnes,
L'onde, en légère pluie, épand sur les campagnes
Son humide fraîcheur. Et, pour chaque saison,
Le Ciel a des bontés qu'il prodigue à foison.
O jours éblouissants de paix et de lumière !
Tout en est inondé : le palais, la chaumière !
Et sur le moindre bourg, comme au sein des cités,
Le Bien verse les flots de ses félicités.
C'est que l'esprit de Dieu, sanctifiant les âmes,
Terrifie et l'orgueil et les plaisirs infâmes.
Et, pour un temps, planant sur le monde ébloui,
Impose des vertus le spectacle inouï.
Mais, hélas ! de ce temps l'heure dernière approche.
Et le Prince chrétien, le grand Roi sans reproche,
S'apprête à déposer son sceptre et ses lauriers,
Dans les mains du Seigneur, au Mont des Oliviers.
Je le vois, pour remplir la volonté divine,
Affréter ses vaisseaux, gagner la Palestine,
Et, dans les derniers jours des douze ans révolus,
Accomplir des décrets les ordres absolus. »

DERNIER
Évènement Précurseur

« Avant que ne soit consommée la dislocation complète *(de l'empire romain) seces-
sio omnino*, l'homme de péché, le fils de
perdition, ne sera pas révélé. »
          Sᴛ Pᴀᴜʟ, apôtre, *II Thess.*, XI, v. 3.

« L'Antéchrist dès lors ne tardera plus à
paraître et l'homme de péché sera promptement révélé. »
          Aᴅsᴏɴ, *suivant les docteurs.*

Et l'Esprit ayant fait une nouvelle pause,
Ajouta : « Voici l'heure où le Roi se dispose,
Dans un élan de sainte humiliation,
A remettre au Seigneur son abdication.
Méprisant des grandeurs les insignes frivoles,
Je l'entends prononcer ces augustes paroles :

*
* *

« O Mont des Oliviers, ô toi Jérusalem,
Bourg de Gethsémani, Cédron et Bethléem,
          Où Jésus voulut naître,
Témoignez que le Roi de France et des Romains
Vient ici déposer dans ses divines mains,
          Sa couronne et son sceptre.

« Et toi, du haut du ciel, très sainte Trinité,
Qui daignas confier à mon indignité
          L'autorité suprême,
Reprends-en le fardeau ; souscris à mes projets
De me placer au rang de tes moindres sujets
          Et du plus humble même.

« Soumis avec respect à tes ordres divins,
Je me suis efforcé de suivre, en ses desseins,
          Ta sagesse profonde ;

Mais, les douze ans fixés, par ton décret béni,
Expirent en ce jour. Et le règne est fini
       Du dernier Roi du monde.

« Cependant, que ton nom soit béni dans les temps !
Qu'au sein des univers aux rayons éclatants,
       Ta volonté soit faite !
Que ce qui fut prédit ; que les temps révolus
S'accomplissent, Seigneur, comme tu le voulus,
       Pour ta gloire parfaite !

« Et vous, ô mes témoins de l'Acte de ce jour,
Ministres, Maréchaux et Princes de ma Cour,
       A mes desseins dociles,
Allez, dans mes États, publier que le Roi
Abdiqua le Pouvoir, au profit de sa foi.
       Sur les saints Évangiles. »

*
* *

« Or, ces événements que le ciel me révèle ;
Qu'un avenir prochain apporte sur son aile ;
Mais, que masquent des nuits les sombres épaisseurs,
Sont des temps révolus les signes précurseurs. »

TROISIÈME PARTIE

Naissance et Règne du Maudit

L'AVÈNEMENT. — LE MAITRE UNIVERSEL
HARANGUE DU MAUDIT. — LE RÈGNE HORRIFIQUE
LE TEMPLE INFERNAL. — ÉNOCH ET ÉLIE
L'APOTHÉOSE ORGIAQUE. — LE CHATIMENT
TRIOMPHE DE LA CROIX.

« Tout en n'étant qu'un homme, l'Antéchrist sera, quand même, la fontaine de tous les péchés. Il s'exaltera dans son orgueil et se prétendra *supérieur à tout ce qui est appelé Dieu*, supérieur à tous les dieux des nations, Hercule, Apollon, Jupiter, Mercure et autres, que les païens ont honorés comme des dieux.

« Il abolira la loi évangélique ; il rétablira dans le monde le culte des démons ; il recherchera sa propre gloire et se fera appeler lui-même Dieu Tout Puissant. »   ADSON.

L'Avènement

« Et je fus ravi en esprit, un jour de di-
manche, et j'entendis derrière moi une voix
éclatante comme le son d'une trompette. »
                              Apoc. I, v. 10.

« Et le mystère d'iniquité est en train de
s'accomplir. »   St Paul.

« Les voies sont préparées pour un tyran
gigantesque, universel, colossal. »
                              Donoso Cortès.

Cette nuit-là, l'Esprit vint au cours de mon somme,
    Pour me parler encor,
Et j'entendis, en moi, sa voix retentir, comme
Résonne, dans les bois, à l'oreille de l'homme,
    Le son grave du cor.

Et, troublé, je sentis, au-dessus de ma tête,
    Son souffle impétueux,
Qui, puissant, secoua mon âme de poète
Et fit soudainement, dans son vol de tempête,
    Hérisser mes cheveux !

« Aède, éveille-toi ! disait sa voix tonnante ;
    Car les temps révolus
S'accomplissent, te dis-je !... Or, la Bête étonnante
Fait entendre déjà sa note dominante
    Aux peuples dissolus !

« Je la vois grandissante au sein de Babylone !
    Et le monde étonné
S'apprête à célébrer l'Imposteur en personne,
Dans le sombre tyran que l'Abîme lui donne ;
    Car l'Antéchrist est né !

« Il est né !... Triomphez, Puissances des Abîmes !
    Que la voix de l'Enfer
S'élève des bas-fonds jusqu'au faîte des cîmes,
Et s'unisse au concert effrayant des victimes
    Qu'asservit Lucifer !

« Les chemins sont ouverts au Tyran gigantesque,
    Atroce et colossal !
Car le monde, emporté dans un élan dantesque,
Façonne, dans le crime, un trône titanesque,
    Au despote infernal !

« Frémis, Terre, et gémis désormais dans l'espace !
    Tes pleurs sont superflus.
L'infernal tourbillon se précipite et passe,
Si sinistre qu'il fait se détourner la face
    Des célestes élus !

« O jours d'iniquité, jours de terreur, où saigne,
    Dans de profonds émois,
Le cœur des nations, ainsi que nous l'enseigne
L'Écriture sacrée, au sujet de ce règne
    De quarante-deux mois !

« Voilà qu'il s'est fait chair le Prince des Ténèbres !...
    Il vague dans la nuit !
Je le vois entouré des attirails funèbres
Dont se munit la Mort, pour les crimes célèbres,
    Et ce spectre le suit !

« Des mages, des devins, jeteurs de sortilèges,
    Forment sa triste cour.
Dignitaires choisis des infernaux collèges,
Ils ont l'esprit du mal et l'art des sacrilèges,
    Qu'ils vantent tour à tour.

« Je les entends parler leur monstrueux langage,
            Plein d'impudicité !
Et Satan, rayonnant, les flatte et les engage
A poursuivre leur œuvre inique, jusqu'à l'âge
            De sa virilité !

« Mais, voilà qu'il atteint déjà son âge d'homme !...
            Chrétiens, malheur vous !
Quoi ! le Roi des Enfers va trôner sous le dôme
Des temples, où les saints dorment leur dernier somme ?...
            O Ciel, pitié pour nous ! »

Le Maître universel

Cet ennemi de Dieu, s'élèvera au-dessus de tout ce qui est appelé Dieu ou qui est adoré, à tel point qu'il trônera lui-même dans le temple de Dieu, se faisant passer pour un être divin. »

St Paul, *II Épit. aux Thessaloniciens.*

L'Esprit reprit soudain sur un ton plus farouche :
« Jours de calamité !... Le Maudit, sombre et louche,
Par des chemins pervers, souterrains,tortueux,
A gravi des grandeurs le faîte redoutable !
Et l'empire du Mal s'étend, épouvantable,
Sous le souffle empesté de son verbe onctueux.

« Tandis que sa parole électrise le monde,
Je le vois exercer son astuce profonde,
Sur les sens et l'esprit des humains étonnés.
On l'acclame Messie ! On bénit sa présence,
L'univers se soumet à sa sombre puissance
Et je vois à ses pieds les peuples prosternés !

« Horreur !... L'humanité le proclame le Maître...
En cent lieux à la fois on le voit apparaître,
Mystérieux Génie au don d'ubiquité !
Il fascine, il subjugue, et son intelligence
Terrorise d'émoi l'incroyable indigence
Des esprits submergés, dans son iniquité !

« Il enflamme Paris ; il bouleverse Rome.
Il transforme la terre en horrible Sodome.
Il en impose au peuple, oublieux de ses rois.
L'Angleterre l'encense et l'Autriche l'honore ;
Berlin en fait son Dieu ; l'Amérique l'adore
Et les États du monde en acceptent les lois !...

« O folie incroyable, immense, universelle !
L'Église catholique elle-même chancelle,
Sans vaillance, exposée à l'infernal péril,
Car les défections se succèdent nombreuses,
Éclatantes parfois, plus souvent ténébreuses.
Et le Pape commence un douloureux exil !

« O pauvre nautonier de la barque de Pierre,
Je te vois, attristé, le front dans la poussière,
Versant des pleurs de sang, sur ton Christ méconnu !
Et, seul, abandonné, fuyant le sombre orage ;
Mais, puisant dans ta foi la force et le courage,
Tu cherches, par le monde, un asile inconnu !...

« Va, poursuis ton chemin ; gravis ton dur calvaire !
Prends un repos furtif, sur le lit de calcaire,
Que t'offrent, pour la nuit, les sentiers rocailleux !
Mais, dès que le matin luit au front de l'aurore,
Malgré le poids des ans, lève-toi, marche encore,
Ainsi que Pierre et Paul, tes augustes aïeux !

« Souviens-toi qu'eux aussi, par les sentes pierreuses,
Par les monts et les vaux, par les routes poudreuses,
Promenèrent leur foi lassée, aux temps jadis.
Et peut-être qu'un jour ou quelque nuit, tout comme
Il advint autrefois à Pierre fuyant Rome,
Le Christ t'arrêtera, par ces mots : « *Quo vadis ?*

« Mais il faut que les temps révolus s'accomplissent.
Il faut que les méchants et les justes pâlissent,
Sous l'immense terreur que suscite l'enfer.
Or, afin que l'épreuve en soit plus méritoire,
Afin que les vainqueurs récoltent plus de gloire,
Dieu, pour un temps, à l'homme oppose Lucifer.

« Et je le vois former ses cohortes fatales.
Je le vois promener, au sein des capitales,
L'étalage pompeux de son immense orgueil.
Il gourmande les Grands ; il ordonne à la foule,
Et son verbe tonnant s'enfle, mugit et roule,
Comme un torrent fougueux, dans la campagne en deuil !...

« C'est du cœur de Paris que son pouvoir rayonne.
C'est du sein corrompu de cette Babylonne
Que sa voix éclatante harangue l'univers.
Et les peuples émus, d'un bout du monde à l'autre,
Écoutent, frémissants, l'étrange et faux apôtre,
Qui leur tient ce langage insolemment pervers :

Harangue du Maudit

« Mal, sois mon unique bien ! » Paroles de
Satan, dans le *Paradis Perdu* de MILTON.

« L'ennemi du Christ sera naturellement
contraire au Christ et à son Église. Le Christ
était humble, il sera plein d'orgueil : il exaltera les impies et ne cessera d'enseigner le
vice. »   ADSON.

« Peuples, écoutez-moi : Je suis le Dieu fait homme !
Je viens vous affranchir des mensonges de Rome !
Je suis le vrai Messie, et, comme un bon pasteur,
Je veux de mes brebis éclairer l'ignorance
Et détruire, en vos cœurs, le joug d'intolérance,
Qu'y fait peser Jésus l'exécrable imposteur !...

« Il n'est qu'un Rédempteur ; il n'est qu'un Christ : moi-
Je suis l'Être incréé, dont la gloire suprême   [même !
Rayonne incessamment, depuis l'éternité.
Je suis le Créateur des mondes innombrables.
Je tiens les univers sous mes lois immuables
Et viens vous apporter l'auguste vérité.

« Or, vos yeux, jusqu'ici, s'ouvraient dans les ténèbres.
Votre foi s'égarait sous les voiles funèbres
De l'Imposture infâme et du Mensonge impur ;
Mais les temps sont venus de la bonne parole,
Et je veux que vers vous, limpide, elle s'envole,
Comme un rayon divin qui descend de l'azur.

« Elle vous sortira des limbes du mystère.
Rien n'est surnaturel ! Car le ciel et la terre
Sont des livres ouverts, où vos yeux étonnés,
Guidés par la raison et par l'intelligence,
Recueilleront les fruits de l'auguste Science,
Que les dogmes trompeurs célaient à vos aînés.

« Eh bien ! la raison dit qu'un Dieu triple est un conte
Fait pour les ignorants ; que ce qu'on vous raconte
Est la fable appliquée à tous les autres dieux.
Jupiter, Teutatès, l'Odin des Scandinaves,
Le Bouddha des Hindous, qui compte tant d'esclaves,
Sont des inventions, dont on peupla les cieux.

« Cessez donc d'adorer ces indignes idoles.
Ouvrez vos yeux au jour ; croyez à mes paroles ;
N'écoutez plus la voix de vos prêtres menteurs.
Ou, plutôt, détruisez les temples qu'ils élèvent ;
Renversez leurs autels impudents, qui soulèvent
Mon indignation, contre ces imposteurs.

« Il ne sera qu'un temple universel, suprême,
Que je veux élever, édifier moi-même,
Où viendront désormais toutes les nations
Rendre hommage au seul Dieu du ciel et de la terre,
Capable de créer l'immense phalanstère
Des peuples affranchis des superstitions.

« Or, ce temple conçu de ma grandeur divine,
Je veux l'édifier dans cette Palestine,
Qu'un gueux dépenaillé, natif de Bethléem,
Souilla de ses haillons comme de son mensonge,
Et, sur le Golgotha, dans l'espace d'un songe,
Mon temple surgira devant Jérusalem !

« J'y manifesterai l'éclat de ma puissance ;
Vous serez éblouis de sa magnificence ;
Ce sont les attributs de ma divinité.
Car un Dieu, pour palais ne prend pas une étable,
Comme le prétendrait l'imposteur détestable,
Dans sa morale étrange et dans sa vanité.

« Il vous a dit : « Soyez humbles, comme moi-même ;
« Soyez pauvres ; craignez d'atteindre au rang suprême ;
« Les premiers, ici-bas, sont les derniers aux cieux. »
Il mentait ! Moi, je dis : soyez riches et libres !
Aspirez aux honneurs, et de toutes vos fibres,
Goûtez-en les plaisirs et vous serez des dieux !

« Il vous a dit aussi : « Souffrez qu'on vous offense ;
« Aimez vos ennemis ; prenez-en la défense ;
« Ajoutez au pardon l'esprit de charité. »
Moi, je dis : que celui qui subit une injure
Et ne sait tôt ou tard venger cette souillure
Commet la plus hideuse et basse lâcheté.

« Gloire donc à l'orgueil ; car l'orgueil c'est la force !
Le fier chêne des monts triomphe de l'écorce,
Qui voudrait maîtriser les essors de son choix.
Et, puissant, vigoureux, conscient de lui-même,
Il plonge dans les cieux son touffu diadème,
Et méprise d'en-haut votre arbre de la Croix !

« La Croix ! quelle ironie et quel symbole étrange !
Vous honorez un bois flétri, souillé de fange,
Qui fut, aux temps anciens, l'opprobre des humains !
Et parce qu'autre fois un vagabond vulgaire
Y balança son corps, au sommet du Calvaire,
Vous venez à ses pieds, émus, joindre les mains !

« Non, plus de ces erreurs où votre foi s'égare !
Foulez aux pieds, brisez ce symbole barbare,
Grossier dans son essence, absurde en son essor !
Arrachez, détruisez ce bois abominable ;
Faites-en le bûcher immense et formidable
De la nouvelle aurore éblouissante d'or !

« Car il me faut détruire en vous cette ignorance,
Qui vous ensevelit sous l'absurde croyance
Que Dieu s'est incarné dans le Nazaréen !
C'est une erreur qu'il faut que votre âme maudisse !
Il faut que votre cœur de dégoût la vomisse,
Et qu'il n'existe plus un seul Cyrénéen !

« Or, malheur à celui qui d'un cœur téméraire,
A mes enseignements se montrant réfractaire,
Oserait désormais se proclamer chrétien !
Je noierais, dans son sang, cet odieux blasphème,
Qui m'outragerait, dans ma divinité même !...
Qu'on prête donc l'oreille et qu'on m'entende bien !

« Mais à ceux qui, faisant ma volonté divine,
Adopteront ma loi, prêcheront ma doctrine
Et la pratiqueront dans sa totalité,
J'ouvrirai les chemins des honneurs, de la gloire ;
J'élèverai si haut l'éclat de leur mémoire
Qu'ils entreront vivants dans l'immortalité !

« Ils auront la puissance et toutes les richesses.
Ils seront conviés à toutes les ivresses
Que peuvent convoiter leurs plus secrets désirs.
Je verserai sans fin, dans leur chair, dans leur âme,
Les flots insoupçonnés de l'immortelle flamme
Des voluptés sans nombre et de tous les plaisirs !

« Je leur imprimerai mon nom trois fois auguste,
Sur leurs mains, sur leur front et sur leur cœur robuste,
Comme le signe altier de mon pouvoir divin !
Ils seront revêtus du puissant caractère
Du Roi des Univers, du Maître de la terre,
Et nous serons liés sans limite et sans fin !...

« Ils deviendront ainsi mes illustres apôtres,
Dont la voix et l'exemple entraineront les autres,
Dans les larges sentiers des évolutions.
Et l'on verra crouler l'Église catholique,
Impuissante à placer la manne évangélique
Des prêtres trafiquants de bénédictions !

« Alors il ne sera plus aucune contrainte,
Plus de folle terreur, ni plus d'absurde crainte
D'exposer aux tourments son âme à chaque pas.
Car les hommes, instruits de leur réelle essence,
Auront des vérités la pleine connaissance
Et sauront qu'à la mort l'Enfer n'existe pas.

« L'Enfer, le Ciel, Satan, triple erreur, triple dogme !
Mais habile instrument, indispensable à Rome,
Pour exercer sur tous sa volonté de fer.
Il lui faut, pour les uns, le ciel et ses délices,
Pour les autres, Satan, inventeur des supplices,
Qu'elle fait, à son gré, préparer dans l'Enfer !

« Quelle dérision et quel affreux mensonge !
On se croirait en proie à quelque horrible songe,
Devant un tel spectacle et pareille impudeur !
Mais fort heureusement j'apparais et je sape
Le mal, dans sa racine, au point que votre Pape,
Redoutant ma colère, a fui mon bras vengeur !

« Or, sachez bien qu'ayant abattu le vieux chêne,
Je veux également anéantir la chaîne,
Qui vous tient prisonniers, sous l'erreur de la Foi.
Et, pour que tout le monde entende mes paroles,
J'ai dédaigné l'emploi subtil des paraboles ;
Car je vous somme en Maître, et vous ordonne en Roi ! »

Le Règne horrifique

« Et pouvoir fut donné à la *Bête* de faire
la guerre avec les saints et de les vaincre.
Et elle fut adorée par tous ceux qui habi-
tent la terre. »   Apoc. XIII, v. 7 et 8.

« La tribulation sera telle sous son règne,
qu'il n'en fut jamais de pareille depuis la
création du monde. Ceux qui seront dans les
champs fuiront alors vers les montagnes, en
disant : « Tombez sur nous ! » Et ils diront
aux collines : « Cachez-nous dans vos entrailles. » Mathieu, XXIV, v. 14 et suivant.

L'Esprit, terrifié devant tant d'insolence,
Un instant s'abîma dans un profond silence.
Et, moi-même imprégné de sa propre terreur,
J'attendais, anxieux, troublé, dans la pénombre.
Quand, soudain, d'un accent plus fiévreux et plus sombre,
Sa voix reprit, tragique : « O spectacle d'horreur !

« O Terre, ô temps, ô mœurs, ô folie infernale !
O d'un flot de damnés horrible saturnale !...
Je vois l'ange pervers voler de vaux en monts,
Visitant les cités où flottent ses emblèmes
Et louer ses suppôts frénétiques et blêmes,
Qui hurlent le blasphème à l'instar des démons !

« Tantôt, dans un reflet de sa splendeur première,
Il se présente tel que l'Ange de lumière,
Qui viendrait rassurer les peuples molestés.
Et les rares chrétiens qui résistent encore
Croiraient voir se lever une divine aurore,
Si l'on ne jugeait l'arbre à ses fruits empestés.

« Tantôt, sous les dehors d'un pouvoir formidable,
Il apparaît, terrible, effrayant, redoutable
Et fait trembler le sol du choc des éléments !
Il trouble les esprits par d'étonnants prodiges.
Et son accent superbe, accru de ses prestiges,
Fait tomber, sous son joug, un peuple de déments !

« Il arrête les vents déchaînés, dans leur course ;
Fait reculer les flots, qui regagnent leur source ;
Il éteint, dans le ciel, l'astre éclatant du jour.
Et, vil usurpateur des divins privilèges,
Par ses illusions et tous ses sortilèges,
Il se fait adorer et craindre tour à tour.

« Et le monde l'encense en chantant ses louanges,
Par des hymnes, conçus en des formes étranges,
Célébrant la Luxure avec l'Impiété !
Et les foules, joignant les actes aux paroles,
Se vautrent dans l'orgie et les ivresses folles,
Que le rut de la chair attise à satiété !

« Quel spectacle infernal d'impur dévergondage !
Le vil plaisir des sens envahit tous les âges
Et souille l'innocence au sortir du berceau.
Les sexes bouillonnant de désirs érotiques,
Explosent, chez l'adulte, en ardeurs frénétiques,
Et, chez le vieillard même à deux pas du tombeau !

« Or, ces explosions d'un essor formidable
Font écho, par le monde, au bruit épouvantable
Des temples s'écroulant sous l'exécration.
Car le règne maudit bat son plein à cette heure,
Versant, dans les cités et dans chaque demeure,
Ses flots abominés de désolation !...

« Eh quoi ! Je vois, hélas ! d'infortunés fidèles
Marqués du sceau du Christ et fermement rebelles
Aux ordres monstrueux du sombre séducteur,
S'enfuir, terrifiés, à travers la campagne,
Et gagner les vallons perdus dans la montagne,
Pour trouver, sous leur ombre, un abri protecteur !

« O rochers, s'écrient-ils, dans un torrent de larmes,
Impassibles témoins de nos tristes alarmes,
Détachez-vous des monts, pour nous ensevelir !
Et vous, puissants massifs, que hantent les tempêtes,
Abimez-vous sur nous ; croulez tous sur nos têtes ;
Épargnez à nos fronts l'horreur de s'avilir !...

« Ainsi vont, affolés, les justes de la terre,
Cherchant au fond des bois quelque antre solitaire,
Capable d'égarer la persécution.
Car, par les nuits, les jours et les aurores mauves,
Ils sont guettés, chassés, traqués, comme des fauves,
Dont on a résolu l'extermination !...

« Sanguinaire Tyran, Despote abominable !
Voilà l'horrible essor de ton règne innommable !
Voilà le vil produit de ton ignoble loi !
Mais, tu n'es que le mal qui surgit et qui passe !
Poursuis donc jusqu'à l'heure où tu verras la face
Foudroyante de Dieu se dresser devant toi !... »

Le Temple Infernal

« Il rebâtira l'édifice sacré que le roi Salomon voua jadis au Seigneur ; il le rétablira dans son antique splendeur et il en fera sa demeure, après s'être mensongèrement déclaré Fils unique du Très-Haut. » AUSON.

« Cependant j'aperçois, sur le Mont du Calvaire,
Le Temple des horreurs, impudique repaire,
Dresser sa masse énorme et son dôme géant.
Le *Mauvais*, à l'instar de sa vaste imposture,
L'édifia difforme, et son architecture
Rappelle le chaos fils aîné du néant.

« C'est bien là l'impudent et superbe édifice,
Qu'il fallait à l'orgueil du Roi de l'artifice,
Le Sanctuaire impur d'abominations !
Je le vois !... J'ose entrer dans son enceinte infâme !
Il est plein des relents qu'exhale un corps de femme
Souillé du sceau hideux des prostitutions !

« Ici, l'Impiété dispute à la Luxure
Le prix du Sacrilège infecté de souillure ;
Des *christs* peints à rebours ornementent les murs !
Sur des croix sont gravés des préceptes obscènes !
Et d'immondes tableaux représentent les scènes
De la lubricité de forcenés impurs !

« Dans une parodie inepte et sacrilège,
Dont Satan pouvait seul avoir le privilège,
Jésus est bafoué sur un *Chemin de Croix*.
Et quatorze tableaux, taillés dans le calcaire,
Représentent le Christ gravissant le Calvaire,
Sous la forme d'un Faune impudique et narquois !

« C'est là que chaque soir, quand vient la troisième heure,
Suivant le rite impur de l'infâme demeure,
Se groupent les suppôts de l'Ange corrupteur.
Et, dans l'explosion d'une ardeur infernale,
Des bacchantes de joie ouvrent la Saturnale,
Qu'excite l'œil pervers du sinistre Imposteur.

« O Filles de Lesbos, dans votre erreur antique,
Vous n'avez jamais eu cet essor érotique,
Dans l'art de provoquer les spasmes de la chair !
Et toi, divinité fameuse de Cythère,
Jamais tu n'exaltas l'impudique mystère
Avec un tel cynisme et ce sarcasme amer !

« Mais là, l'orgie ignoble atteint au paroxisme !
Là, tout acte décent est frappé d'ostracisme !
Là, n'entrent que le Mal et la Perversité !
Et, parmi ces horreurs, un souffle infect circule,
Qui prouve que c'est là l'horrible vestibule
De l'Enfer qui vomit son immondicité !

« Des marbres entassés sur des blocs de porphyre,
Qui portent, grimaçants, des faunes en délire,
S'alignent, sur deux rangs, dans l'informe vaisseau.
Et cette colonnade, absurde de démence,
Semble, seule, assurer l'appui du cintre immense,
Qui forme de la nef le formidable arceau.

« Une sorte d'autel aux formes orgueilleuses,
Taillé dans l'or, serti de pierres précieuses,
S'élève dans le chœur, comme un trône géant.
C'est là, que l'Imposteur vient recevoir l'hommage
De ses suppôts hideux et faits à son image,
Larves d'ignominie aux pieds du vieux Titan.

« O Sion ! souviens-toi de ton saint temple antique,
Qui dressait sur ton front son merveilleux portique,
Monument de la foi d'un sage Salomon !
C'était le temple auguste et de haute noblesse,
Élevé par l'amour au Dieu de la Sagesse.
Ici, c'est le produit de l'orgueil du démon !

« C'est de là, désormais, que sa puissance infâme
Exerce, sur le monde asservi, qui l'acclame,
Son effet tyranique, atroce, universel.
Et sur les nations passe un vent de blasphème,
Qui donne le frisson et déconcerte même
Le juste dont le cœur adore l'Éternel ! »

Énoch et Élie

« Et quand ils auront fini de rendre té-
moignage, la Bête qui monte de l'Abîme
leur fera la guerre, les vaincra et les mettra
à mort. »   Apoc. XI, v. 7.

« Mais, qui sont ces vieillards, sur les degrés du temple,
Qui semblent courroucés ; qu'une tourbe contemple
Et paraît écouter dans l'ahurissement ?...
Ce sont deux pèlerins, deux prophètes peut-être,
Dont le verbe indigné s'exaspère et fait naître,
Dans le sein de la foule, un long frémissement.

« Ils parlent ! Et leur voix fait tressaillir les âmes !
Et de leurs yeux jaillit un vif éclair de flammes,
Qui cause et la stupeur et l'admiration !
On s'étonne, en ce lieu, d'entendre un tel langage ;
Car c'est la voix du Juste et le verbe du Sage
Qui clament à Satan leur malédiction !... »

« Frères, éclatent-ils, dans leur sainte colère,
« Se peut-il, qu'oubliant votre foi séculaire,
« Vous blasphémiez le Ciel, pour encenser l'Enfer ?
« Se peut-il qu'en ces lieux, où Jésus voulut naître,
« Où s'immola, pour nous, l'auguste et divin Maître,
« Vous veniez, renégats, adorer Lucifer ?...

« Ne vous souvenez-vous de ce Maître adorable,
« Qui naquit pauvrement, qui vécut misérable,
« Qui, par amour pour nous, souffrit mille tourments ?
« Lui, le Dieu tout puissant, devant qui tout s'incline,
« Pour nous, subit la mort, là, sur cette colline !...
« Et vous le reniez, ô nos frères déments !...

« Vous osez blasphémer, au seuil de cette ville,
« Le Dieu qui vint ici, parmi la foule vile,
« Délivrer vos aïeux du joug hautain des Grands ?
« Le Dieu des humbles cœurs, des petits et du Juste,
« Dont la parole douce et la morale auguste
« Donnent la force au faible et la crainte au tyrans ?...

« Hélas ! Et pour qui donc, chrétiens pleins de démence,
« Oubliez-vous ainsi le Dieu de la clémence,
« Jésus de Nazareth, le Rédempteur prédit ?
« Pour l'Être le plus vil qu'enfanta le blasphème,
« Pour l'ennemi du Christ, l'Ange orgueilleux et blême,
« Que le Ciel et l'Enfer appellent le Maudit !

« Mais jetez un regard sur son horrible règne !
« Voyez des nations le cœur meurtri qui saigne
« Et l'immense terreur qu'engendre son orgueil !
« On n'entend que folie, on ne voit qu'épouvante !
« Seule, la haine impie exulte, triomphante,
« Quand tout s'ensevelit sous l'orgie ou le deuil !...

« Voyez ce monument d'envergure difforme,
« Fils de l'impiété, de l'imposture énorme,
« Ce repaire hideux de la Corruption !
« Ne vous apprend-il pas ce temple satanique
« Que c'est là le cratère immonde, impur, inique
« De l'Enfer exultant de son éruption ?...

« Maudissez avec nous ce lieu du Sacrilège,
« Cet odieux palais issu du Sortilège,
« Exécrable demeure où s'exalte Satan !
« Revenez à la Croix, au vrai Dieu du Calvaire,
« A ce Maître divin, dont l'amour tutélaire
« Forgea votre espérance et votre foi d'antan !... »

« Un silence troublant accueille ces paroles.
On brûle d'applaudir, et les rires frivoles
Se glacent en naissant, dans l'auditoire ému.
Mais, voici qu'apparaît l'Imposteur en personne.
On lui livre passage ; et la foule frissonne,
Comprenant qu'il va naître un orage imprévu. »

« — Qui sont ces étrangers au verbe téméraire,
« Qui semblent s'imposer d'un air autoritaire,
« Comme aux Chananéens l'eut fait leur grand Moloch ?...
« Que disiez-vous ? Vos noms ? » interroge le Maître.
« — C'est juste, dit l'un d'eux, et tu vas nous connaître :
« Satan, je suis Élie et j'accompagne Énoch. »

« Le Fourbe s'assombrit ; mais il contient sa rage.
« — Écoutez, leur dit-il, j'aime votre courage,
« Qui vous fait résister à mon pouvoir de fer.
« Je vous ferai puissants : devenez mes apôtres.
« Vous serez élevés par dessus tous les autres ! »
« — Séducteur, disent-ils, retourne dans l'Enfer ! »

« — Insensés, voulez-vous lasser ma patience ?
« Reconnaissez en moi le Dieu de la Science,
« Le Dieu de la Sagesse et le Maître éternel,
« Devant qui l'univers tout entier se prosterne ! »
« — Tu n'es qu'un imposteur au front louche, à l'œil terne,
« Et nous te méprisons d'un mépris solennel !

« Frères, ajoutent-ils, en parlant à la foule,
« Si nous ne disons vrai, que sur nous le ciel croule !
« Que le vent du désert dessèche notre voix !
« Nous témoignons ici que cet être innommable
« Est Satan l'Imposteur, le Fourbe abominable,
« Qu'exaspère de rage un seul signe de Croix ! »

« Et les apôtres saints, sur leur poitrine auguste,
Tracent le signe aimé du chrétien et du juste !...
Alors l'ange pervers, tout d'abord interdit,
Recule épouvanté, puis écumant de rage,
Courroucé comme un souffle impétueux d'orage,
Salit leur noble front de son crachat maudit !...

« Et c'est là le signal de leur martyre atroce.
Les suppôts du démon, dans leur haine féroce,
Joignent l'outrage impie aux plus affreux tourments.
On égorge les saints ; et la tourbe, tremblante,
Doit les fouler aux pieds, sur la marche sanglante,
Pour s'unir, dans le temple, à ces monstres déments ! .. »

L'Apothéose Orgiaque

« Je suis venu au nom de mon père et
vous ne m'avez pas reçu ! Un autre viendra
en son propre nom et vous le recevrez ! »

Jean v. 43.

« Il enverra à travers le monde des mes-
sages. Sa puissance s'étendra d'une mer à
l'autre mer, de l'Orient à l'Occident, du Sep-
tentrion au Midi. » Adson.

L'Esprit ne parlait plus et j'écoutais encore.
Mais voilà que soudain d'un accent plus sonore
Son souffle prophétique éclate dans la nuit :
« O ciel ! fut-il jamais tableau plus lamentable !...
Je vois, faisant escorte au Maître épouvantable,
Le Corps diplomatique en entier qui le suit !...

« C'est que le Potentat d'un geste autoritaire
A fait savoir aux Grands, aux Princes de la terre,
Qu'en ce jour, dans son temple, un rite solennel
Allait, parmi l'éclat de fêtes inédites,
Célébrer sa puissance et sa gloire prédites
Et consacrer l'essor de son règne éternel.

« Et le temple est paré de milliers d'oriflammes.
Des lustres d'or massifs inondent de leurs flammes
Son enceinte abritant des montagnes de fleurs.
Et, dans sa profondeur, s'engouffrent pêle-mêle
Les races d'Occident que leur flot houleux mêle
A celles d'Orient aux multiples couleurs.

« Là, sont représentés tous les pays du monde.
Les peuples, sous le coup d'une terreur profonde,
N'ont osé se soustraire à l'ordre du Tyran,
Et leurs ambassadeurs ou leurs chefs ou leurs princes,
Laissant là leurs États ou quittant leurs provinces,
Sont venus faire escorte au Potentat-Satan !

« Le Despote a choisi ce jour anniversaire,
Qui rappelle aux chrétiens le drame du Calvaire,
Jour du Vendredi-Saint, jour d'angoisse et de deuil.
Et, pour en blasphémer le souvenir auguste,
Sur ce mont où mourut, un pareil jour, le Juste,
Le Dragon des enfers s'exalte en son orgueil !...

« Et son audace a fait tressaillir les Abîmes !
Tous les Princes du Mal, du royaume des crimes,
Sont rangés près du trône, à la place d'honneur !
Le ban, l'arrière-ban des dieux du paganisme,
Tout ce qui des Enfers complète l'organisme
Est là pour acclamer le sinistre Imposteur !...

« Et la cérémonie infernale commence.
Le Maître, poursuivant son imposture immense,
Va s'asseoir sur son trône, au-dessus de l'autel.
Des prêtres apostats marmonnent un grimoire
Tenant de la magie et de la messe noire,
Courbés sur le vélin d'un rouge rituel.

« Ciel !... Quelle ignominie !... On adore l'Infâme !
Dans des hymnes impurs, on l'exalte, on l'acclame !
Et lui, tout rayonnant, boit l'encens de ces voix !
Mais voici qu'on étend un grand Christ sur la dalle,
Et pour glorifier le vil Sardanapale,
On doit fouler le Christ et marcher sur la Croix !...

« Anges purs, qui des bords des célestes rivages
Pleurez sur ces horreurs, voilez vos saints visages !
Détournez vos regards de ce spectacle affreux !
Et si de l'Ange impie, atroce d'insolence,
Vous maudissez l'audace, ah ! plaignez la démence
D'égarés se souillant d'un acte monstrueux !...

« Mais, c'est là le signal de l'orgie infernale.
Dans le temple s'engouffre un vent de Saturnale,
Que déchaine Satan et qu'avive l'Enfer.
Et les pires essors de la Luxure infâme
Envahissent les sens de leur impure flamme,
Dans une veulerie ignoble de la chair !

« Quel cénacle d'horreurs que la raison abhorre !
Rien de tel ne se vit dans Sodome et Gomorrhe !
Nul Satrape lascif, nul prince musulman,
Dans leur nuits de plaisirs, de rut abominable,
Ne furent les témoins d'une ivresse semblable
A celle dont le flux m'écœure en ce moment !...

« Mais l'Enfer exultant frémit d'enthousiasme !
J'entends l'Ange maudit déverser son sarcasme
Et défier le Ciel d'un superbe dédain :
« — O sombre Jéhovah, dit-il, dans sa démence,
« Je te hais !... Si je porte ombrage à ta puissance,
« Conviens que je suis dieu comme toi ! » Quand soudain...»

Le Châtiment

« Le Seigneur le fera périr d'un souffle de
sa bouche et l'anéantira par l'éclat de sa
puissance. »   *II Thessal.* v. 8.

« Quand soudain, dans le ciel, un éclat de tonnerre,
Qui porte l'épouvante aux confins de la terre,
Retentit, effroyable, au milieu de l'éther !
Le sol tremble ! Et je vois, dans le vol de la foudre,
Tout le dôme du temple emporté, mis en poudre
Et rentrer au néant, comme une bulle d'air !...

« Le Fourbe est interdit ; il tressaille d'angoisse !
Il s'accroche au velours de son trône et le froisse !
L'assistance à ses pieds est muette d'effroi !
Mais à l'éclat du jour l'orgie offre sa honte !
Et tandis que l'Enfer se trouble et se démonte,
Une voix met le comble au profond désarroi ! »

« Maudit ! Maudit ! Maudit ! » dit la voix irascible.
L'Imposteur est saisi d'un trouble incoercible !
Ses suppôts atterrés sont figés sur le sol !
Mais voilà que l'azur s'emplit d'êtres étranges,
Divines légions, sous l'ordre des Archanges,
Qui sillonnent le ciel de leur rapide vol !...

« Et les portes de feu des voûtes éternelles
S'ouvrent ! Et le soleil clot ses larges prunelles,
Ébloui de l'éclat de leurs rayons puissants !
Car du Trône immuable où siège la Sagesse
Un fleuve de lumière épand avec largesse,
Sur les mondes émus, ses flots éblouissants !

« Elles s'ouvrent !... Et Dieu, rayonnant dans sa gloire,
Apparaît triomphant sur son char de victoire !...
Son regard courroucé plonge sur Lucifer !...
A cet ordre muet l'Archange saint s'élance,
Et d'un vol foudroyant vient percer de sa lance
Le monstrueux Reptile échappé de l'Enfer !...

« Le Dragon terrassé, fou de rage et de haine,
Blessé dans son orgueil et dans sa chair humaine,
Abandonné de tous, râle, expire, en ce lieu !
Et son âme infernale, habituée aux crimes,
Emporte, avec sa honte, en rentrant aux Abîmes,
La malédiction éternelle de Dieu ! »

Triomphe de la Croix

« *Stat Crux, dum volvitur orbis.* »
« *O Crux, ave, spes unica !* »
« La prière de celui qui s'humilie percera
les nues. »   Eccl. XXXV, v. 21

« Cependant, tout là-bas, dans un coin de Judée,
Aux pieds d'une colline aride et dénudée,
Se cache, dans les plis d'un terrain sec et nu,
Un toit, qu'y construisit quelque pâtre inconnu.
Son aspect délabré, son silence paisible,
Son humble extérieur et son calme tranquille
N'ont jamais provoqué les regards curieux.
Tout passe indifférent devant lui, sauf les Cieux !
Sauf les Anges de Dieu, qui connaissent son hôte !
Sauf Celui qui marqua la grande âme dévote
De l'auguste vieillard qui l'habite en secret,
Du redoutable sceau du divin Paraclet.
Le Christ qui le guida, dans sa fuite précaire,
Avait choisi ce lieu de paix, pour son vicaire.
Et le noble exilé, renfermé dans son deuil,
Vit là, depuis trois ans, comme dans un cercueil !...

* * *

« Eh ! n'est-ce pas la mort qui pesa sur sa tête,
Quand sa nef, brusquement sombrant dans la tempête,
L'infernal tourbillon brisa son gouvernail
Et jeta le Pasteur, surpris, hors du bercail ?...
Quel sombre cauchemar pour cet auguste sage !
De quels sillons les pleurs ont creusé son visage !
Je le vois se raidir, sous le poids de ses ans,
Porter haut son beau front orné de cheveux blancs !
Et, tombant à genoux, au pied de sa colline,
Prier, pour son troupeau, la clémence divine !

Infortuné Saint-Père, ô Pontife romain,
Bénis plutôt le Ciel de ton auguste main !
Ne t'épouvante plus de ce bruit de tonnerre.
C'est ton Dieu, c'est le Christ qui revient à la terre,
Et qui, de son éclat foudroyant le Dragon,
Offre à l'humanité la paix et le pardon !

*　*　*

« Toutefois, le vieillard, abîmé dans son rêve,
Ne cesse de prier et de pleurer sans trêve.
Mais, certes, ce n'est pas sur son trône perdu.
Il pleure sur le deuil de son peuple éperdu :
« — O mon Maître divin, gémit-il, dans ses larmes,
« Pitié, pour mon troupeau ! Fais cesser ses alarmes !...
« Vois ton représentant, quoique indigne, à genoux,
« T'implorer d'arrêter l'essor de ton courroux !
« Vois son isolement !... Fidèle à sa promesse,
« Il voudrait tant pouvoir t'offrir la sainte Messe !... »
« O surprise !... Voilà que deux jeunes enfants,
Beaux comme des Amours, aux regards triomphants,
Surgis je ne sais d'où ; mais qui prétendent être
Des enfants du pays, s'approchent du saint prêtre. »
« — Doux Pasteur, disent-ils, le règne du Maudit
« A fini !... Nous venons, ainsi qu'on nous l'a dit,
« T'en instruire, et nous mettre à ton entier service,
« Si tu veux célébrer le divin Sacrifice. »
« — Ciel !... Que me dites-vous ? s'exclame le vieillard,
« O vous, qui déchirant mon funèbre brouillard,
« Me faites entrevoir — ce dont je doute encore —
« Les rayons incertains d'une nouvelle aurore ! »
« — N'en doute plus Saint-Père ! Au Dieu du Ciel soumis,
« Nous ne saurions mentir. » « — O mes jeunes amis,
« Jetez-vous dans mes bras et que je vous embrasse !...
« Que le divin Sauveur vous comble de sa grâce !

« Aidez-moi, pour bénir ce réveil immortel,
« Au seuil de ma demeure, à dresser un autel ! »

*
* *

« Et voilà qu'on s'empresse ! Un meuble domestique,
Humble table de bois, forme un autel rustique,
Dieu n'est pas exigeant quand on n'a pas le choix.
On l'orne d'une fleur, d'une modeste croix !
Et dans la majesté d'un dénûment immense,
Le Pontife s'incline et la messe commence !...
O divines splendeurs des rayons de la Foi !
Les deux jeunes enfants sont émus comme moi.
Humblement recueillis, agenouillés à terre,
Ils semblent pénétrés de l'auguste Mystère !
Et quand vient le moment de l'Élévation,
Je les vois abîmés dans l'adoration !...
Leur corps se transfigure et leur front s'auréole
D'un nimbe de rayons, ineffable corolle,
Qui les rend éthérés et révèle à mes yeux
Que ces deux inconnus sont deux anges des Cieux !...

*
* *

« O spectacle touchant !... Que leur grâce est divine !
Mais voici qu'alentour, sur toute la colline,
Sur tous les monts voisins et jusqu'à l'infini,
J'aperçois, à genoux, un peuple réuni !
Ses flots sont si nombreux que j'en ai le vertige !
Pas un coin de terrain, pas le moindre vestige
Des vallons envahis et des monts alternés,
Qui ne soit occupé de groupes prosternés !
Que dis-je ?... Dans le Ciel, formant un dôme immense,
Tout un monde abîmé dans un profond silence,
Couve d'un saint regard le Pontife romain,
Qui ne s'en doute point, et dont l'auguste main
Vient d'élever l'Hostie au-dessus de sa tête,
L'Hostie extasiant l'assistance muette !...

*
*   *

« Mais qu'entends-je ?... Voilà qu'imperceptiblement,
Un murmure confus, comme un frémissement,
Tout d'abord vague, ému, de voix aériennes,
Plus pur que vos accords, harpes éoliennes,
Se perçoit, s'élargit, s'enfle avec majesté
Et remplit de son vol toute l'immensité !...
C'est d'un chant éthéré la suave harmonie !
C'est d'un chœur sidéral l'auguste symphonie !
Et le prêtre ravi de ce divin concert,
Lui, qui pensait prier au milieu d'un désert,
De l'*Ite Missa est* suspend le noble geste,
Quand il voit à ses pieds toute la Cour céleste !...
Je le vois, interdit, figé d'étonnement,
Abîmé dans l'extase et le ravissement !
Je le vois, le front ceint d'une blanche auréole,
Essayer vainement de dire une parole,
Puis tomber à genoux au pied de son autel !
C'est qu'il vient de s'offrir à ses yeux de mortel,
Dans un rayonnement éblouissant de gloire,
Qui fait se prosterner son céleste auditoire,
La face du Seigneur, dont l'auguste Entité
Trône dans sa Grandeur et dans sa Majesté !...

*
*   *

« Et le Christ, souriant, s'approche du saint Prêtre :
« — Relève-toi, mon fils !... Je suis le divin Maître. »
Dit-il de cette voix aux accents si touchants
Qu'il avait autrefois pour les petits enfants.
« — Va, reprends le chemin de la Ville éternelle ;
« L'Esprit saint désormais la couvre de son aile.
« Rien ne prévaudra plus contre sa volonté.
« J'ai terrassé le Crime, assaini la Cité !
« Les justes m'ont fléchi par leur sainte constance.
« Mais, dis à tous mes fils de faire pénitence ;

« Car le jour qui verra l'heure du Jugement
« S'apprête à s'allumer au sein du firmament !...»
« Il dit !... Et de ses pieds surgit une buée,
Qui l'emporte avec elle au sein de la nuée !... »

*   *
*

Mais, vision troublante !... Un Archange, je crois,
S'élance, se saisit de la modeste croix,
Qui, sous l'impulsion de la Vertu divine,
D'un céleste rayon, dans ses mains, s'illumine !...
Quel spectacle éclatant de triomphe et d'amour !...
La Croix précède au Ciel toute l'auguste Cour !
Et, traçant son sillon sur le dôme du monde,
Trouble tout l'univers de sa splendeur profonde !
Puis, ayant longuement ébloui tous les yeux,
Elle entre glorieuse et triomphante au Cieux !

Marseille, 1er Mai 1913.

FIN DU TYRAN GIGANTESQUE

DIEU. — ESPÉRANCE

DIEU

DIEU CRÉATEUR

L'Esprit me dit : « Je suis ton guide et ton ami.
Écris ; je vais dicter. » Et j'écrivis :
                              « Parmi
Les univers vivants dispersés dans l'espace ;
Parmi tout ce qui naît ; parmi tout ce qui passe ;
Parmi tous les rayons vibrant dans les éthers
Et les humanités se mouvant dans les airs ;
Parmi les océans, où voguent les étoiles,
Telles que des esquifs aux lumineuses voiles ;
Parmi les phares d'or de ces mondes de feu,
Rien n'est intelligent, rien n'est grand comme Dieu !...
Dieu c'est l'Être incréé, l'Unité, le Principe ;
C'est le Centre du Tout, dont rien ne s'émancipe.
L'âme et son libre arbitre, et les êtres divers,
La brute et ses instincts, les continents, les mers,
Les astres fourmillants, dont le ciel étincelle,
Tout ce qui sent, en soi, la poussée éternelle
Former le mouvement qui façonne son Moi,
Tout dérivant de Lui, tout doit subir sa loi.

Il est le Vrai, le Juste et le Beau tout ensemble.
Tout naît, tout meurt, revit, et rien ne lui ressemble.
Il est le Défricheur éternel du néant,
Qui féconde d'un souffle infiniment géant
Les entrailles du Rien frémissantes dans l'ombre,
D'où surgissent soudain les univers sans nombre.
La pensée est sa forme au sein de l'infini ;
Le Bien est son essence ; et son cerveau béni,
De qui jaillit l'éclair des sagesses profondes,
Est l'ossature énorme et troublante des mondes.
Foyer divin d'amour et de perfections,
Sa volonté, son souffle et ses conceptions,
Dans une activité constamment agissante,
Enfantent sans repos. Et son œuvre puissante,
Ainsi multipliée, accrue incessamment,
Dans le vide sans fin naît éternellement. »

DIEU PÈRE

« Or, étant Créateur, Il est aussi le Père,
Père auguste et divin, dont la sagesse opère,
Dans le tumultueux flot des créations,
Des prodiges d'amour et d'évolutions.
Dans son orgueil de Dieu, père de la nature,
Il contemple son œuvre, aime sa créature,
Et son désir unique, ardemment paternel,
Est de la diriger vers son Centre éternel.
Si bien que son amour formant sa loi suprême,
D'où découle l'essor de sa Justice même,
Tout ce qui fut créé, ce qui sort de ses mains,
Les entités des cieux, les anges, les humains,
Suivant leur volonté, leur vertu, leur mérite,
Sont emportés vers Lui, dans l'azur sans limite.

O Nature, poursuis au sein des rayons d'or
Tes cycles infinis !... Homme, prends ton essor !
Relève ton front blême incrusté de souffrance !
Sois attentif ! C'est Dieu qui te crie : Espérance !
Écoute !... C'est sa voix qui dans le bruit des flots,
Dans la rumeur des bois où passent des sanglots,
Sur la lyre des vents tourmentés de l'espace,
Dans l'abîme des nuits qui s'entrouvre et s'efface,
Dans l'aube qui renaît, messagère du jour,
Te dit : « Je suis Pardon, puisque je suis Amour ! »
O mon frère, ô lutteur, broyé dans les géhennes
Des soucis, des labeurs, des entraves, des haines,
Toi, dont l'âme souffrante accuse les destins
De te fermer l'accès des somptueux festins,
Où se pâme en chantant l'orgueilleuse Opulence ;
Toi qui sens, dans ton cœur, s'éterniser la lance
Qui transperça le cœur de Jésus expirant ;
Toi, qui meurtri toujours et toujours soupirant,
Qui de l'oppression misérable des hommes
Souffres dans tes réveils et gémis dans tes sommes ;
Toi, pour qui le bonheur est un mythe ici bas,
Ne désespère point, ne te révolte pas ! »

DIEU JUSTE ET BON

« Ne désespère point ! Car sur la nuit des âges,
Sur l'orgueil des pervers, sur la vertu des Sages,
Sur l'amoncellement des crimes des humains,
Sur le dôme des Cieux, sur la fleur des chemins,
Règne un Dieu tout puissant, juste et bon, sans réserve,
Dont l'œil affectueux t'encourage et t'observe.
Et cet œil, formidable en sa perfection,
Est le phare éternel de l'évolution !

Son rayon immanent, électrisant les mondes,
Verse sur l'univers ses tendresses fécondes.
C'est lui qui remplissant la profondeur des Cieux
De son jet de lumière au vol silencieux,
Par ce baiser divin, dont vibrent les atomes,
Fait scintiller l'étoile et tressaillir les hommes. »

DIEU FORCE ET VÉRITÉ

« Ne te révolte pas ! Car tu ne peux savoir
Ce que Dieu cache au fond d'une épreuve. Il faut voir
Et connaître et la cause et le motif suprême
Qui déterminent l'acte, en son essence même,
Pour pouvoir le juger avec autorité.
Dieu, c'est l'Être insondable autant que Vérité.
Saurais-tu pénétrer sa pensée éternelle,
Pour te croire le droit de t'insurger contre elle ?
Sais-tu si ta souffrance où tu ne vois que mal,
N'est pas faite au profit de ton essor moral ?
Si cette vie, où l'homme avec angoisse pleure,
N'est pas pour lui donner ses droits, sur la meilleure,
Celle que Dieu réserve aux héros, aux vainqueurs,
Qui, méprisant l'obstacle, ont lutté haut les cœurs ?...
Va, relève ton front ! Poursuis avec courage !
Car Il saura t'aider pour accomplir l'ouvrage.
Car cet Esprit divin est l'unique Entité,
Qu'on peut nommer Justice, Amour, Force et Bonté ;
En qui nous devons tous placer notre espérance,
Aux heures de bonheur comme aux jours de souffrance ;
Sur qui, pauvres petits d'un Père tout puissant,
Nous pouvons appuyer notre vol languissant,
Et qui de l'infini, son auguste royaume,
Ne cesse d'abaisser son doux regard sur l'homme.

De façon, qu'en retour, notre devoir formel
Est de rendre à ce Dieu l'hommage solennel
Que doit au Créateur sa faible créature,
Et qu'en hymnes sans fin lui traduit la Nature.
Nous devons, inclinés sous son auguste loi,
Par respect, par amour, reconnaissance et foi,
Au cantique vibrant, dont tressaillent les sphères,
Joindre l'immense chœur des piétés sincères,
Et, dans les jours d'angoisse, aux heures du péril,
Invoquer son saint Nom ! »

Je dis : Ainsi soit-il !

ESPÉRANCE

Ah ! ne me dites pas que notre âme est mortelle ;
Que la mort détruit tout sous le froid de son aile ;
Qu'après, c'est le néant ; que, comme un jour qui fuit,
Tout l'homme va sombrer dans l'éternelle nuit.
Ah ! ne me dites pas que la douce Espérance
Est un rêve trompeur que forme l'ignorance ;
Qu'on ne doit plus revoir ceux que l'on a perdus,
Qui se sont endormis sur nos cœurs éperdus ;
Que le dernier regard de l'être qu'on adore
S'est éteint à jamais ; qu'il n'aura plus d'aurore ;
Qu'il nous faut rejeter toute aspiration,
Parce que tout est faux, tout est illusion.
Ce serait trop affreux si cela pouvait être !
Est-ce pour le néant que Dieu nous ferait naître ?
Vous, qui dites cela, savez-vous bien du moins
Comment l'ardent amour, comment les tendres soins
Et les successions d'ineffables caresses
Forment entre les cœurs un faisceau de tendresses ?
Savez-vous quel espoir préside à cet amour,
Qui grandit, qui s'étend, augmente chaque jour,
Qui croît en des milliers de vivaces racines,
Et creuse dans nos cœurs de profondes ravines,

Quand le vent du malheur en brise les rameaux
Et les disperse au loin comme autant de lambeaux ?
Savez-vous de quels feux s'allume un cœur de père,
Quelle tendresse immense embrase un cœur de mère ?
Avez-vous éprouvé l'horrible impression
Qui grave sur nos traits la désolation,
Lorsque un souffle de mort traverse nos demeures
Et que le glas plaintif résonne dans les heures ?
Et lorsque d'une mère on a fermé les yeux
Qu'on reste anéanti sous le calme des cieux !
Avez-vous vu la Mort qu'on ne peut trop maudire,
S'abattre brusquement comme un affreux vampire,
Dans vos bras impuissants à protéger ses jours
Étreindre votre enfant, objet de vos amours ?...

* *

Moi, j'ai vu tout cela ; j'ai vu mourir un père ;
J'ai vu mon enfant mort dans les bras de sa mère,
Et j'ai senti mon cœur se gonfler de sanglots
Et les pleurs de mes yeux s'échapper à grands flots.
J'ai subi les effets de l'affreuse tourmente,
Une nuit de malheur, d'angoisse, d'épouvante,
Où, penché sur le corps de mon fils expirant,
Se tordant sous l'effort d'un râle délirant,
J'ai dû lui souhaiter — chose horrible à décrire —
La mort même, la mort, pour finir son martyre,
La mort, la froide mort qui sape nos amours,
Moi qui pour le sauver eusse donné mes jours !
Et faudrait-il encore à toutes ces tortures,
Qui creusent dans nos cœurs d'incurables blessures,
Ajouter cette chose odieuse et sans nom ;
Que ce départ soudain, cet horrible abandon,
Que ce dernier regard de l'être que l'on aime,
Comme on aime un enfant, cent fois plus que soi-même,

Ce départ, cet adieu, ce suprême sommeil
N'auront plus de retour, d'aurore, de réveil ?
Et, broyant votre cœur dans un morne délire,
L'œil hagard, s'avouer, cruellement se dire :
Désormais, c'est fini ! Désormais, plus d'espoir !
Il faut te résigner à ne plus le revoir !
Quoi ! cet amour puissant qui naît sur cette terre,
Que notre cœur nourrit, dont notre âme s'éclaire,
Pour tout but, toute fin, pour suprême aliment
Au-delà de la mort n'aurait que le néant ?
Maudite invention ! Révolte monstrueuse
D'un cœur rempli de fiel et d'une âme orgueilleuse !
Vous, qui parlez ainsi, vous n'avez pas souffert.
La souffrance, ici-bas, est le meilleur expert.
Vous n'avez pas plongé votre œil dans la nuit sombre,
Où l'astre de l'espoir scintille seul dans l'ombre,
Qui soulageant le poids de notre adversité,
Ramène notre esprit à la sérénité !

*
* *

Siècle impie et pervers, siècle du terre à terre,
Où la foi s'est éteinte au souffle de Voltaire,
Où le regard de l'homme est rivé sur le sol,
Où l'âme s'alourdit dans un pénible vol,
Où, près du moribond, et commandant en maître
On rencontre Arouet, où Jésus devrait être ;
Le sombre désespoir et l'incrédulité
Au lieu de l'Espérance en l'immortalité !
Qu'as-tu fait de la foi de ces chrétiens antiques
Qui d'un pas assuré franchissaient les portiques
De ces cirques sanglants où les Césars romains
Les livraient en pâture aux lions africains,
Et qui, calmes et fiers, sublimes, sans colère,
Priant pour leurs bourreaux, plus cruels que Tibère,

Dans un redoublement d'espoir venu des cieux,
Mouraient sous les regards d'un peuple furieux !
Ils sont passés ces temps de croyance héroïque !
Aujourd'hui la croyance est un fruit exotique
Qui mûrit rarement même au-delà des mers ;
Qui n'a plus de saveur pour ce vieil univers ;
Qu'il faut, chose archaïque, exiler de la terre,
Tel, d'une panoplie, un trop vieux cimeterre !
Soit ! Mais que mettre alors en place, dites-moi ?
Quel autre fruit nouveau remplacera la foi ?
Quand vous aurez détruit dans nos cœurs la croyance,
Lorsque nous n'aurons plus la divine Espérance,
Vous, qui taxez ma foi de simple illusion,
Pourrez-vous me donner la consolation
Que je cherche partout, sans la trouver, hors d'elle ?
Hors d'elle, qui m'apprend que l'âme est immortelle,
Qui me fait espérer ce lieu de rendez-vous
Où l'on retrouve un père, un enfant, un époux,
Où les âmes, au sein d'une joie ineffable,
Adorent l'Éternel sur son trône immuable.

TABLE DES MATIÈRES

IMPRIMERIE
GÉNÉRALE
DU SUD-EST
MARSEILLE

www.ingramcontent.com/pod-product-compliance
Lightning Source LLC
LaVergne TN
LVHW012208170726
843503LV00005B/1952